La siesta de los dioses

Armando Valdés Zamora

La siesta de los dioses

© Armando Valdés Zamora, 2017
© Fotografía de cubierta: W Pérez Cino, 2017
© Bokeh, 2017
  Leiden, NEDERLAND
  www.bokehpress.com

ISBN 978-94-91515-68-2

De los regresos

> Sufriendo, enfermos, errantes sobre ella,
> ni siquiera la recordamos.
>
> Anna Ajmátova, «Tierra nativa»

1. Nadie regresa nunca a la patria que abandonó. Algo así podría haber dicho un Heráclito del siglo xix, romántico, que ya creyera entender el concepto «patria». Y quizá un discípulo, aún más agresivo, nihilista y rotundo, habría recalcado: Nadie regresa nunca a ningún lugar. Pero dejando a un lado el juego de las frases inútiles, me parece justo hablar de la imposibilidad de vivir dieciséis años en París, y regresar a La Habana (a la antigua calle General Lee, en Marianao) o a Santa Clara y a Cienfuegos, sin experimentar que algo se ha perdido (para siempre), que algún puente, algún gran puente (se le vea o no se le vea, eso importa sólo a la poesía) se ha roto definitivamente, que ha desaparecido el camino entre el viajero y la tierra que abandonó, o de la que «fue abandonado».

Sensación extraña: dieciséis, veinte, treinta años en París, Barcelona o Miami no garantizan la pertenencia a esas ciudades; aseguran, en cambio, la pérdida definitiva del espacio donde se nació y se creció, donde se conocieron las fronteras y la pequeña inmensidad de la vida. Se halla entonces el viajero como aquellos personajes de *La línea de sombra*, de Joseph Conrad, condenados en alta mar, en un velero, en medio de la calma chicha.

La circunstancia, sin embargo, dolorosa para cualquiera, puede ser ventajosa para un escritor.

2. Aun sin hacer la apología de la importancia del dolor para la creación, quizá sea justo recordar aquella frase de C.S. Lewis de su «El problema del dolor»:

> El dolor insiste en ser atendido. Dios nos susurra en nuestros placeres, habla a nuestra conciencia, pero nos grita en el dolor: es el altavoz que utiliza para despertar a un mundo sordo.

3. El «desarraigo», eso que con tanta vaguedad llamamos «desarraigo», puede ser un nuevo arraigo. En el destierro se descubren la proximidad y los confines. La tierra nueva, ancha y propia, en la que se comienza a vivir. El escritor lo sabe. Sólo él lo sabe. Porque únicamente él es capaz de escuchar «el grito de Dios»…, y dar testimonio.

He dicho «la pérdida definitiva»: miento. Sólo es definitiva esa pérdida en términos que no son literarios. Todo cuanto se pierde, se gana de otro modo.

Este libro es una prueba de las nuevas ganancias. *La siesta de los dioses* no es exactamente el testimonio de un regreso, puesto que la palabra «regreso» implica vuelta atrás, «volver al lugar del que se partió». Y ya sabemos que eso no es posible. Armando Valdés-Zamora insiste en demostrar que eso no es posible.

4. El autor, en cambio, re-descubre. *La siesta de los dioses* parece más bien el testimonio de un *redescubrimiento*.

A saber:

—La proximidad y la luz. La proximidad es como la luz, enceguece. Mucho más con tanto sol real diluyendo los colores de las cosas. «Todo un pueblo puede morir de luz como puede morir de peste» (Virgilio Piñera en *La isla en peso*).

—El bullicio, los ruidos, la gritería, «la espontaneidad de la agresión» (frase feliz que toma de Konrad Lorenz). Un hombre como Valdés Zamora, que reverencia el silencio, que conoce el valor del silencio, se encuentra de nuevo (¿reminiscencia?) con la algarabía. Lejos de despreciarla, se la vuelve a apropiar. Hay que escuchar el ruido del mundo. El silencio de los libros y los ruidos del mundo. Uno y otros más unidos de lo que parecen.

—El sabor de las frutas. Sobre todo, aquellas frutas, como el mamey, tanto más exquisitas en la medida en que se encuentran en tan pocos lugares. En Francia, donde vive el autor, no existe el mamey. Hay un pueblo, sin embargo, con ese nombre, en la Lorena, próximo a Alemania. El mamey en Francia, cuando se le menciona, es *abricot d'Amerique*. ¿Albaricoque de América? Parece una broma.

—La vigilancia. No creo que *redescubra* la vigilancia, el ojo de Big Brother, porque una de las más importantes singularidades de esta tortura cotidiana es justo su perdurabilidad. Incluso un «detalle» más grave y definitivo: la actividad de la vigilancia incluso cuando ya carece de actividad. Es decir, la vigilancia como autovigilancia. En este caso tal vez no haya un *volver a encontrar* sino un reabrir heridas. Del cancionero nacional: *Mira que hay heridas que cierran en falso…*

—El amigo Marcial Gala que terminó por convertirse en gran escritor.

—Los santos, los dioses que duermen, siempre duermen. «El sueño sobre mi carne / asegura su isla leve» (José Lezama Lima, «Figuras del sueño»).

—Marianao. «En Marianao la vida se ve color de rosa» (Benny Moré, «Marianao»).

Como no se trata de hacer inventario, mucho menos de desvelar los secretos de *La siesta de los dioses*, sólo me queda agradecer a Armando Valdés Zamora este redescubrimiento. Él y yo compartimos un tiempo (sólo soy unos años mayor que él, y esos pocos años, al fin y al cabo, desaparecerán en la eternidad). Compartimos también un espacio, Marianao, Ampudia, General

Lee, Luisa Quijano, el Obelisco, el antiguo palacio de la familia Carvajal (luego asilo, luego derrumbe). Aunque soy un poco más marianense, puesto que le llevo la ventaja de mis años. De cualquier modo, ese espacio y la intensidad de esta «pertenencia» se disolverán también en la eternidad. Sólo nos quedarán los libros. Como este que ahora mismo el lector se dispone a disfrutar.

Abilio Estévez,
Barcelona, otoño de 2016

a la memoria de mi madre

Je sens bien que, si jamais ces Mémoires parurent à voir le jour, je perpétue ici moi-même le souvenir d'un fait dont je voulais effacer la trace, mais j'en transmets bien d'autres malgré moi.

Rousseau, Les Confessions, VIII (1743-55)

Yo combino:
el aguacero pega en el lomo de los caballos,
la siesta atada a la cola de un caballo,
el cañaveral devorando a los caballos,
los caballos perdiéndose sigilosamente
en la tenebrosa emanación del tabaco,
el último gesto de los siboneyes mientras el humo pasa
    por la horquilla
como la carreta de la muerte,
el último ademán de los siboneyes,
y cavo esta tierra para encontrar los ídolos y hacerme
    una historia.

Virgilio Piñera, La isla en peso (1943)

En el Trópico todo depende del estilo de la siesta. Y que en la misma siesta piense usted en el suicidio. Después sale de esa siesta con sus sentidos iluminados. Todos los días en la siesta, como ejercicio de la ascesis, piense en la muerte. Eso fortalece su sensualismo, lo hace más verdadero.

José Lezama Lima, Analecta del reloj (1953)

Confesiones desde La Habana

Llegué a La Habana, tras dieciséis años de ausencia, horas después de la muerte del disidente Oswaldo Payá Sardiñas. En París, justo antes de salir para el aeropuerto, leí la noticia del accidente de tránsito. Era de noche. Entré a Cuba en la noche del 23 de julio, a la hora de las telenovelas, para ver a mi madre enferma que pocos días después cumpliría ochenta años.

—¿Por qué no ha venido nunca de visita? —pregunta la guardiana al tiempo que me pide que mire a la cámara que me enfoca desde lo alto.

Le hablo de mi madre, allá en Santa Clara. Creo que además balbuceo algo sobre el mucho tiempo consagrado a la supervivencia del otro lado del mundo: «El capitalismo es duro, compañera». Como temía, mi miedo impide que funcione mi broma: falta espontaneidad en los temblores de mi voz, es forzada —imagino— la mueca de sonrisa que acompaña a la frase.

Ella es joven y delgada, y de tanto quemarle el sol con éxito la cara, casi no se le ven aislados granos que recuerdan la resurrección de un desfasado acné. La veo tan bien como la cámara a mí, porque está sentada y debajo de mi nerviosa mirada.

La guardiana lleva dos estrellas, que parecen de cartón, cosidas en su charretera. Dos estrellas en cada hombro que no brillan como aquellas soviéticas y doradas de los uniformes que recuerda mi infancia.

—Tiene que salir de la fila y esperar a que se analice su caso.

Sé que es una orden lo que me dice la guardiana porque su reciente sonrisa de cortesía —después de consultar su ordenador—, se ha metamorfoseado en un rictus que mi miedo sospecha severo.

Había previsto todo para este momento incómodo. Menos la coincidencia de la muerte de alguien tan conocido como Payá Sardiñas, candidato al Premio Nobel de la paz. Culpo a la mala suerte por este contratiempo, y me veo de pronto tan pequeño y sumiso que me confundo con vergüenza con un cobarde.

Conocí a Payá una noche en París. Él iba a dar una conferencia de prensa en la sede de *Le Nouvel Observateur*, días después de haber ganado el Premio Sajarov del Parlamento Europeo. Quise llegar tarde para confundirme con el público porque sé que en ese tipo de reuniones siempre se dan cita informantes del gobierno cubano, pero Payá también llegó tarde de su vuelo de Madrid.

Nos encontramos frente a frente Payá y yo en la recepción del célebre semanario de la izquierda francesa. Adivinó que era cubano, y a pesar de mi evidente estupor ante su presencia, me pidió que le ayudara a comunicarse con los organizadores porque no hablaba francés. Durante unos minutos fungí como su intérprete y lo conduje a la sala donde lo esperaban. De más está decir que no pasé inadvertido: hasta mi hija asegura haberme visto de refilón en un noticiero de la televisión francesa.

Estoy rememorando ahora esta remota casualidad en el aeropuerto de La Habana, y el miedo se apiada de mí. Me dicta mi miedo una lista de urgentes precauciones: no perder la paciencia, mencionar una y otra vez la razón humanitaria de mi viaje, insistir en mi irrelevancia como opositor al gobierno de Cuba e incluso como escritor desconocido, sobre todo por sus compatriotas. Un escritor que se ve obligado a ganarse la vida trabajando de profesor en Francia.

Me imagino lo peor y eso funciona. Me veo entrando en una celda sombría y sin agua, olvidado durante días (que debían ser de vacaciones) por todos menos por los roedores, y el hedor del orificio donde debo orinar y defecar durante mi prolongada detención.

Hasta dejo de confiar de pronto en la gente que podría hacer algún que otro modesto gesto de protesta, debido, entre otras cosas, a que en Francia, en estos meses, todo el mundo se ha ido de casa y anda de viaje.

Digo que funciona porque después de tanto calvario imaginario cualquier regaño pasajero haría que mi miedo se atenuara casi hasta el punto de dar las gracias si me dejan al fin pasar del otro lado de la línea fronteriza. Casi ensayo en silencio consignas que he olvidado. No es difícil: de todas partes saltan las fotos de los espías cubanos presos en los Estados Unidos, conocidos aquí como los Cinco Héroes.

Miro alrededor y compruebo que me miran. Los pasajeros de mi vuelo y de otros vuelos, los guardias de seguridad de verde olivo, el muchacho con anchos pantalones de uniforme que lleva y trae entre sus manos mi pasaporte, todos, no dejan de mirarme como si fuera la reencarnación viviente de un Pablo Escobar en apuros.

Me pongo a leer. Así, separado de todas las filas y casi temblando el libro entre mis manos, me pongo a leer las *Confesiones* de Rousseau. No puedo responderme a la pregunta de por qué elegí este libro para mi viaje de verano, para estas fingidas vacaciones invertidas.

Leo a Rousseau de pie, a la espera de la orden que me diga si puedo o no entrar al país donde he nacido. No me ayuda mucho, la verdad, Jean-Jacques con su egocentrismo desmedido. Sólo que Rousseau da la impresión de estar como yo en esos momentos de espera: completamente solo en el mundo. «Yo y el mundo», diría Rousseau. «El mundo y yo», esperando, me digo yo. En ciertas situaciones alivia constatar la fuerza de espíritu de los otros, creer que en esa comunión pasajera uno resuelve algo para sí y se inventa una religión del instante.

Pienso en mi madre que espera mi llamada y la frase: «Ya estoy en Cuba». O en JA, que allá afuera ha contratado de chofer a un vecino para llevarme a su casa, y a quien le he prometido una botella de Havana Club como brindis por estos dieciséis años de lejanía. O en mi hijo Joaquim. O en mi hija Ariane en Francia, que de tanto leer noticias sobre Cuba me dijo antes de salir:

—Papá, si te pasa algo no vayas a hacer una huelga de hambre.

Mi hija, como todas las hijas, cometiendo el error en su pasión, de creer que su papá es un héroe. Su padre que muere de miedo ante las puertas del país donde nació y del que huyó para poner a salvo su piel y su alma.

«Estoy en Cuba», me confieso. Ni siquiera la extrañeza de mirar lo que me rodea (el verde particular y desordenado de los campos desde el avión, las luces blanquecinas del aeropuerto, el calor resbaladizo de los sudados rostros uniformados, el acento nasal de alguna que otra frase) atenúa estos minutos de pie, con mi bolso y el voluminoso libro de Rousseau entre las manos.

La muchacha me hace señas de que vaya detrás del cristal de su taquilla. Estoy de nuevo frente a ella y me toma otra foto. Me devuelve mi pasaporte cubano y me dice mirándome a los ojos:

—Bienvenido a Cuba, Armando.

Hasta le doy las gracias, avergonzado, temeroso y feliz, incrédulo y satisfecho. Paso una hora en la aduana. Salgo a la noche calurosa, abrazo a J A, y caminamos a buscar al chofer con una botella de ron bajo el brazo.

Y la alarmante falta de alumbrado público en la avenida de Rancho Boyeros me permite percibir mejor el cielo estrellado de Cuba.

Internet en Cuba: la ignorancia es la fuerza

Se llama Luis, es ingeniero informático, y deja de mirar el monótono paisaje de las Ocho Vías, en el ómnibus refrigerado chino que nos lleva de La Habana a Santa Clara, para verme teclear en mi miniordenador.

Cuando me pregunta de dónde vengo, le respondo que vivo en Francia y que estaré seis semanas en una isla que de tanta ausencia ya casi no reconozco. Le comento, en una mezcla de sinceridad y desafío, que veo las cosas un poco mejor que cuando me fui, por allá por el Período Especial: se puede comer cualquier cosa en la calle, comprar y vender las casas, ejercer oficios por cuenta propia, etcétera. «Lo que no entiendo bien es la manera de funcionar ahora de la gente, lo que piensan de sus vidas aquí».

Justifico así que la curiosidad pase de mi lado para ser yo quien haga las preguntas. Pero es inteligente el muchacho, y reímos juntos cuando me propone que está bien, pero que después él necesita conocer algunas cosas sobre el mundo.

(Durante todo mi viaje a Cuba veo con frecuencia esa inconsciente confrontación: nosotros y el mundo, aquí y el resto, disertan con frecuencia mis compatriotas insulares).

Rememoro entonces un pasaje de *1984* de George Orwell, pero al revés. En la novela Winston Smith, el protagonista, le pregunta con insistencia a un anciano cómo era la vida en una época anterior a la Revolución, si es cierto que antes se vivía mucho peor que en el presente «glorioso» del régimen del Gran Hermano. El viejo divaga y no responde con precisión (por precaución) a la pregunta.

Para mis compatriotas esta indagación está invertida. El mundo es el futuro, y es de eso de lo que quieren saber, como si asumieran, con una certeza resignada, que ellos viven en el pasado. Y héme de pronto aquí, yo, que pretendo con este viaje arreglar mis cuentas sentimentales, familiares y hasta psicológicas con mi pasado, siendo la encarnación de un mundo y de un porvenir que ellos –por rebelión y desconocimiento– añoran.

Me cuenta Luis que está casado con una doctora y que puede viajar en ese autobús porque su empresa le paga los 18 CUC del pasaje. Me detalla lo que hace: programas para una corporación que se extiende por toda la isla: No está mal –me asegura–: si todo funciona bien me premian con 30 CUC de estímulo al final del mes. Eso aquí es una excepción –aclara. Algo insólito sí, reconozco, como toda excepción en un lugar de excepciones.

No quiero que la conversación tome el camino de temas de sobrevida –desde que llegué cada interlocutor me repite decenas de veces el precio de la carne de puerco y los valores del cambio de la moneda local–, y teniendo en cuenta que se trata de un informático le pregunto si lee el blog de Yoani Sánchez.

La provocación funciona: la cabeza y las miradas de Luis giran en todas direcciones, su cuerpo se mueve en el asiento hasta que se persuade de que nadie nos escucha y baja el tono de la voz, antes de comentarme en un susurro: «Eso aquí es candela, no se puede mencionar». Después del susto me cita también páginas y blogs que deben evitarse: el más curioso para mí, el sitio de compra y ventas Revolico.com. «Si la gente lo consulta no va a comprarle nada al Estado», precisa.

Es poco antes de llegar a Santa Clara cuando Luis me habla de lo que George Orwell, de estar como yo sentado en esta guagua Yutong, llamaría «la policía del pensamiento informático». Un amigo de su aula en la universidad se ocupa de leer y suprimir los mails indeseados y de registrar los sitios consultados por los empleados de su empresa.

Le dejo mi tarjeta a Luis antes de separarnos, para que me escriba de vez en cuando, y después me doy cuenta de lo absurdo que puede resultarle mi gesto.

Mi alegría turística por no estar conectado al mundo (como viajero que huye hacia el descanso) se vuelve una preocupación cuando veo las noticias de la televisión cubana. Pregunto en el vecindario quién tiene internet, y con suerte alguien me confirma que puedo, al menos, enviar mensajes desde su casa. Sólo mensajes, nada de poder leer otras páginas, aclara.

Pero la respuesta a mi correo a Francia ha desaparecido: la esposa del vecino eliminó el mensaje, para ella sospechoso, que apareció en francés en su bandeja de entrada. Aprendo entonces que hay casos así, en que un amigo de Luis deja pasar el mensaje, pero la censura reaparece, por precavido temor, de manos de un destinatario inadvertido.

Las 24 horas diarias de transmisión de la Olimpiada de Londres y las versiones oficiales sobre la guerra en Siria desesperan mis programados días sin servicios tecnológicos. Me rindo y me voy a pagar unos cinco euros (es decir, 6 cuc) a un centro telefónico de Santa Clara.

No me toma por sorpresa que la comunicación en el ordenador público sea lenta hasta la desesperación, sino que la persona que me vende la tarjeta con el código de acceso confidencial me pida el pasaporte para copiar junto a mi nombre el número de la tarjeta: del tiro cambio la contraseña de mi dirección personal y me limito a leer *El País* y no los blogs de cubanos opositores, como hago de costumbre.

Sin embargo, se comunican con ese «mundo» deseado los cubanos. Sobre todo los más jóvenes. Uno me cuenta que entra casi disfrazado a la empresa de un amigo y puede leer hasta los blogs de los disidentes. Supongo que ese amigo es, por ejemplo, alguien que como el amigo de Luis al mismo tiempo que vigila viola los controles para él y los suyos. Otros pagan 10 dólares al mes para que alguien les instale un canal de Miami. Orgullosos y furtivos, me muestran las descoloridas imágenes en sus televisores Panda de un show kitsch o de una telenovela cursi.

Cuando le comento a un estomatólogo que me alquila una habitación en su casa de Cienfuegos que es la falta de Internet y de wi-fi lo que más me afecta durante mi viaje, me espeta de golpe una frase que me hace avergonzarme de mi majadería: «Usted con sus euros de turista tiene garantizado todo lo demás aquí, así que puede darse el lujo de esa queja». Termino rindiéndome y me voy a un hotel. Los noticieros de la televisión francesa que logro captar en la habitación casi me provocan una indigestión de horas de insomnio. Se pueden ver otros canales extranjeros. Pero a condición de ser políglota: ninguno aparece en las pantallas en español, hay que comprender el inglés, el alemán, el francés o el chino…

Bajo al lobby para desayunar con la certeza contrariada de que los rebeldes sirios no han logrado derrocar a la dictadura de Bashar al-Assad. Una pareja que no encuentra sillas libres se sienta cerca de mí y la conversación es inevitable. Una vez más hablan de deporte. Me preguntan qué impresión han provocado en Francia las medallas olímpicas cubanas, que si los franceses juegan bien béisbol, y en el colmo de mi paciencia me exigen una explicación sobre la manera en que Víctor Mesa llevó al triunfo al equipo de pelota nacional en Holanda.

Me levanto y me largo. Mientras camino por el borde de una piscina me siento como un Winston Smith de vacaciones en Angsoc, y me repito el tercero de los tres eslóganes que regía la disciplina de ese régimen: «La ignorancia es la fuerza».

En la calle unos niños pateando un balón enfangado me explican, después de mirarme como a un extraterrestre, que ya nadie juega béisbol aquí. «Lo nuestro ahora es el fútbol, yuma».

El imperio del ruido

Es sabido que en *The Sound and the Fury* Faulkner retoma un verso del Macbeth de Shakespeare para estructurar el relato principal: la vida es un cuento lleno de ruido y furia relatado por un idiota, sin significado alguno. La idiotez se relaciona con el ruido y con el descontrol del espíritu, con la falta de mesura, con el exceso y, como resultado, con la falta de sentido que esto produce. Una interpretación posible asocia el ruido y la ira con la inocencia o con la ingenuidad; quien hace bulla y se encoleriza fácilmente no es capaz ni de pecar ni de poner en peligro el orden de las cosas ni sus significados.

La mejor prueba de que no estamos solos suele ser ruidosa porque la soledad sin una cierta calma silenciosa puede ser inconcebible. Cuestión de gusto y de carácter, supongo. Pero no creo que se pueda justificar con consistencia una prolongada dosis de ruido no elegido. Hay una distancia entre el sonido y el ruido, y esa distancia depende de la elección de cada individuo. Elegir el ruido como compañía permanente, imagino, es el acto de una vocación colectiva, la búsqueda de una forzada compañía o el gesto de marcar por el bullicio una presencia y un territorio disputado. La estridencia de este acto tiñe de violencia una manera de comunicación con el otro que comparte o acepta, se somete o desaparece.

Elegir el silencio durante una buena parte del día es un beneficioso ejercicio espiritual quizás heredado de una tradición intelectual mística que en el imaginario español tiene su emblema más clásico en San Juan de la Cruz: el silencio permite al alma alcanzar tres virtudes, la esperanza, la fe y la caridad.

Pensar en Cuba o tratar de escribirla ahora con un mínimo de perspicacia puede perturbar al testigo por la algarabía que rodea su misión si no toma distancia y comprende que precisamente esa trifulca del ambiente tiene que formar parte de su observación: Cuba sin el ruido no existe. Cuba es un sonido, pero también es un ruido.

El agobio constante del bullicio, de la palabra gritada, de la gestualidad histriónica, de la repetición, en fin, de constantes mensajes sin sentido que con intención o por ignorancia saltan de los altoparlantes, las calles o los balcones hasta los oídos, forman parte del paisaje cubano como el sol. Esa confusión que al principio el visitante puede considerar parte de una jovialidad excitante se convierte enseguida en un martilleo sin receso que te impide quedarte solo hasta contigo mismo.

Uno está tentado a evocar el enfado del matemático Charles Babbage contra el ruido de los músicos callejeros de Londres, que lo llevó a proponer un decreto que condenara la bulla. Lo cierto es que si Babbage fracasó en su intento de crear el primer modelo de ordenador en 1834, tampoco tuvo éxito en enfrentarse al ruido: los músicos londinenses casi lo enloquecen al venir a tocar todas las noches bajo la ventana de su casa. Moraleja: nada se puede contra quienes prefieren el ruido. Peor aún: es irreconciliable la frontera entre ambos excesos. Silencio y ruido son aceite y vinagre, ambos no pueden escucharse.

Debo constatar que si antes me parecía nunca poder estar solo en Cuba por la presencia constante de chivatos y de ojos de mirones en los más insólitos lugares y circunstancias, durante mi viaje a la isla una bulla unánime se me ha pegado a los oídos como el zumbido de un mosquito insomne. Al igual que la vigilia, esta manera de querer llenar un vacío o una soledad, este reparto impuesto de la cadencia del bullicio que perturba cualquier momento de comunión con la lectura o la tranquilidad va a acompañar fielmente al visitante.

A todas partes y a toda hora, la isla parece sumergida en las aguas ruidosas de los gritos, el ritmo repetitivo de la música de reggaetón, los cláxones de los automóviles envueltos en capas negruzcas de humo, el timbre de las bicicletas, los diálogos y riñas de alguna telenovela o, durante este mes de agosto de 2012, bajo la algarabía de las gradas de repletos estadios londinenses que la televisión reproduce si se trata de un deporte donde algún cubano gane una medalla olímpica.

Sin embargo, al escribir sobre el ruido insular, me encuentro con una idea del escritor francés Le Clézio: la literatura no es cuestión de ideas sino de ruido, un ruido del lenguaje que puede retumbar; escribir es escuchar el ruido del mundo.

Esta idea hasta cierto punto desacredita mi diatriba contra el ruido, o subvierte su intención: ¿cómo escribir contra las perturbaciones acústicas y por el respeto del silencio, si el acto mismo de hacerlo con palabras infiere una irrupción sonora? Si a esto añadimos que el ruido parece formar parte de la idiosincrasia nacional cubana, puedo llegar a dudar de la justeza de mi crítica al bullicio de mis compatriotas.

Quizás simplemente escriba estas páginas para explicarme mi propio desconcierto más que para describir o juzgar el agobio producido por el rencuentro con mi ensordecedora patria.

II.

Estoy tratando de dormir una siesta. A medida que pasan los días tratar de huir de la fatiga del calor y del ruido se ha convertido para G y para mí en el objetivo defensivo de este viaje. Y a veces hasta lo conseguimos pasando tardes echados en la cama con tapones en las orejas.

Pero esta tarde se oyen los gritos del pregón de un vendedor ambulante de yogurt casero:

–Yogul, Yogul, llevo yoguuuuuuul!!!!

Supongo que es la gritería lo que me despierta. Pero aún aturdido mi reacción es inmediata: me tiro de la cama y salgo disparado en persecución del vendedor. Hace una semana que busco sin éxito un yogurt y la alegría por esta aparición vespertina hace olvidar la molestia de la siesta interrumpida.

Me veo corriendo, en short y descalzo, con un billete en la mano, y me doy cuenta de que los dieciséis años de exilio parecen haber pasado en vano. Un instinto ancestral ha vuelto para recordarme que en alguna estación de mi pasado corrí en busca de comida, que mi cuerpo sabe de esas batallas alienantes por llegar antes que otros hambrientos al vendedor de lo que sea.

Esta es la única vez durante mi viaje que un alboroto me procuraba una real satisfacción. Puedo asegurarlo ahora cuando rememoro el deleite que me procuró saborear un vaso de yogurt tras varios días de forzada abstinencia láctica.

III.

Supongo que conseguir hacer de él todo un arte requiere de un talento innato para el ruido, sin contar cierta voluntad probada a lo largo del tiempo; una extrovertida insistencia del espíritu que en realidad quiere ser visto más que oído: a latazo limpio, a trompetazo, a nalgada, a desatino y bronca sin horarios ni contenciones. No creo que se haya logrado llegar a ese punto de irrupción sonora en la vida de los otros sin cierto placer por un alboroto que te resalta y te distingue de los demás.

Basta con caminar, hablar o compartir el mismo espacio con mis compatriotas para comprobar esa vocación. Si usted camina por el centro de una ciudad cubana la bulla le persigue por enérgicos altavoces que, entre música y discurso –nunca comercial, sino político disfrazado de patriótico–, le impone algún que otro estribillo de salsa o reggaetón.

Los cubanos al hacer ruido ejercen hasta el infinito eso que el alemán Konrand Lorenz, refiriéndose a varias especies, llamara *la espontaneidad de la agresión*. Es tan natural la embriaguez colectiva en medio del bullicio que el más mero reclamo de paz o de condena es considerado una sobrenatural traición a tu identidad: no es posible, al parecer, que habiendo nacido en la misma isla que los chillones uno reclame el derecho a la paz sonora:

–No te hagas el fino, mijito… –fue la única respuesta a mi protesta durante mucho tiempo.

Hay un momento, es verdad, en que parece desmentirse mi argumentación sobre la totalidad del ruido. Me refiero a un fragmento de la tarde. A ese momento alrededor de las dos y media y que puede durar hasta las cuatro en que la isla parece detenida en una suma de lentos cabezazos y ronquidos. El aplastante calor lo justifica. La caída en vertical del sol ordena la pausa. No se escucha ni el paso de las moscas bajo el aletear de los ventiladores. Los choferes y carretoneros paran sus vehículos y cambian el timón y los látigos por pencas y abanicos que no paran de girar. El hielo se derrite de prisa. Los animales (perros, gatos, vacas y caballos) beben o se tiran bajo la sombra de los portales y las palmas. Es la hora de la siesta, la hora en la que hasta los dioses más fieles o traviesos parecen a su vez buscar en la modorra un poco de sosiego.

Pero no conservo en mi memoria ninguna referencia a la actividad progresiva y frenética que sigue al tórrido letargo de la siesta, a esa hora de la cual, según José Lezama Lima, se sale con los sentidos iluminados como de una resurrección. Porque si nada parece igualar al estruendo del final de las mañanas cubanas, el anochecer parece superarlo tal vez por el brío recuperado en la siesta, como si en un juego secreto se apostara a escondidas para ver a qué horas se ejerce mejor el espectacular arte nacional de hacer ruido.

Es cierto, no es una invención: si con algo marcamos al mundo (sin contar el humo de los habanos) es con la música. Y hace tiempo yo me pregunto por qué ese alboroto de trombones y güiros servido con una suma interminable de coros que gritan hasta donde pueda soportar cada amígdala estribillos de una extrema simplicidad, en el mejor de los casos, o de una vulgaridad chocante para quien se detenga a hacer la traducción sexual de los mismos; nunca me ha parecido a la altura de otra música cubana que podemos llamar clásica. Alguna frontera discutible debe dividir, me digo, a la música del ruido. Si algunas diferencias pueden nombrarse entre la mayor parte de la música escuchada en Cuba en el último medio siglo, y otra a la vez popular y clásica, son sin dudas la calidad de las letras y las dosis y el revuelo de la bulla.

Algo que me convence de la autenticidad de este arte de hacer ruido es la gestualidad que lo acompaña: no hay bulla criolla sin movimiento. Los gestos voluntarios y generalizados van y vienen de par con el alboroto. Un grito en Cuba no hace acto de aparición sin su correspondiente estridencia corporal. Esta participación del manoteo en plena turbulencia chillona está tan presente en nuestras vidas que sólo vemos su vulgaridad cuando nos situamos lejos de esos disturbios cotidianos.

Esa sincronía aparatosa entre ruido y aspaviento denuncia una complicidad del lenguaje y los sentidos del cuerpo de los escandalosos, como si el ruido fuera una natural onomatopeya, la regla y no la excepción en la sociabilidad cubana contemporánea. El más discreto cuerpo cubano parece ya listo a reaccionar con regocijo o resignada obediencia al ruido. He aquí uno de los misterios de la indumentaria acústica actual de lo cubano: ¿el ruido es voluntario o impuesto, intencional o espontáneo?

Con el tiempo he llegado a creer que en Cuba el ruido y su producción sostenida, sin consenso, forman parte de una estrategia del poder para dispersar el interés por las cuestiones esenciales. A falta de pan, circo. De todas maneras es mucho más fácil propagar el circo que ser eficaces productores de pan. Disgregar en el programado alboroto colectivo las individualidades suprime a las personas el tiempo y el espacio para reflexionar o exponer un descontento.

El silencio y la soledad son siempre sospechosos en una sociedad totalitaria, porque son sinónimos de una libertad que escapa al inventario riguroso de los individuos. Aprovechar esa tendencia natural a la dispersión extrovertida por el baile y otras manifestaciones del bullicio –celebración de efemérides patrias, distribuir camiones de ron a granel, organizar precarios carnavales, obligar a asistir a desfiles donde se prometen al final auténticos aquelarres, etcétera–, facilita el monopolio de la intimidad, y separa y estigmatiza a quien prefiera la introspección, la duda o la disidencia.

IV.

Irme con G a la piscina del hotel Los Caneyes en las afueras de Santa Clara nos pareció la mejor de algunas de las ideas para escapar unas horas a nuestros dos comunes enemigos: el calor y el ruido. Basta pasar la entrada una vez pagada la correspondiente cuota que te obliga a consumir un pedazo de pollo con papas fritas, cuando nos recibe un coro ensordecedor que propagan las bocinas del bar, una música estridente que mi incultura no puede clasificar. Alrededor del serpentino trazado de la piscina se pueden ver grupos de personas en bañador, todas con un vaso plástico con algún alcohol en las manos, saltando, ejercitando pasillos de un baile, a la vez que canturrean a toda voz el estribillo de una canción que deben conocer de memoria, porque yo apenas puedo adivinar algunas palabras sin llegar a completar una sola frase.

Encontramos abrigo del bochorno G y yo a la sombra de unos acogedores parasoles; pero no podemos, como es de suponer, escondernos del ruido que, una vez más, es recibido con euforia por una multitud de compatriotas que uno no imagina cómo hacen para pagar una entrada que corresponde al salario de un mes de un cubano.

Las decenas de bañistas parecen ponerse de acuerdo y en una sorprendente coreografía dan efusivos manotazos (con la mano libre que no sostiene el vaso de ron) sobre todo lo que esté a su alcance, en un concurso de bulla cuyo objetivo es ser más ruidoso que su exaltado prójimo y que llega a su paroxismo cuando se repite, una, dos, tres, cuatro, innumerables veces el mismo estribillo para mí incomprensible que sale de los altavoces.

En un abrir y cerrar de ojos desaparece G. Ha salido corriendo: «La yuma (me dice gritando un muchacho de vientre prominente, cadena de oro al cuello y bermudas anchas y de colorines) se fue pa'allá pa'la salida», vocifera. Me encuentro a G refugiada en el *hall* del hotel, la única de las cabañas, imitación todas de bohío de indígenas, con un aire acondicionado que la airea y protege del ruido ambiente.

Como no quiero perder mi dinero y acabamos de llegar, no me queda más remedio que volver a la piscina a ver si convenzo al *disc-jockey* de moderar la música. Atravieso el bar y allí está, entusiasmado por su visible éxito entre los bañistas, sonriente y bailando hasta el delirio al son de otro desatinado estribillo que tampoco adivino.

Me ve acercármele lo más posible y le pido, como puedo, gritando a sus oídos y con gestos que, por favor, que si puede bajar un poco el volumen el audio. Supongo, claro, que no puede discernir lo que le digo, porque se vira hacia una chica que no he visto y que baila sola más cerca del equipo de audio y le grita:

—Mamita, por fa, métele hasta el fondo que el socito quiere la música alta pa'vacilar con su jeva.

V.

Supongo que debe ser excesiva, en medio de tanto ruidoso malentendido, mi pasión por el silencio. Dejando de lado el para mí imposible misticismo de San Juan de la Cruz, creo exagerar mi preferencia por eso que George Steiner ha llamado *el silencio de los libros*. Si escribir es un acto ruidoso, la paz de la lectura es un pacto silencioso. Pretendo ir más lejos: cuando digo silencio hablo de la propiedad individual de lo más íntimo, del derecho a poder dejar pasar las multitudes.

Reconozco que algo injusto tiene que haber en mi manera de escribir sobre lo que considero un arte desatinado. No puede ser, me digo, que una mayoría tan propagada de mis compatriotas no tenga derecho a revindicar con loables razones su sincera pasión por el ruido, su capacidad de parecer odiar al silencio y al mismo tiempo combatirlo con maniático frenesí.

Ahora, cuando quiero relatar lo vivido durante seis semanas de visita en Cuba, no puedo, como bien aconseja Le Clézio, pasar por alto al ruido. Escribir es tal vez mi única manera de integrarme a esa sinfonía para mí desagradable, aun cuando siga pensando que algo torpe, repetitivo y manipulador se esconde detrás de la propagación intencional del ruido, que algo trascendente para el espíritu se le escapa a ese permanente arte de la *bullería* del cual sólo he podido estar a salvo yéndome de Cuba, o escribiendo ahora mi regreso.

FRUTAS DESAPARECIDAS

I.

Regresé a Cuba también para comer frutas. A tratar de recordar el sabor de la pulpa de los mameyes. Fuera de Cuba sólo he podido comer mamey en Miami. Cada vez que aterrizo en el aeropuerto de Miami mi padre me saluda de la misma manera: «Ya te compré los mameyes, chico». Al llegar a su casa mi tía me abre la puerta con el ruido de fondo de la batidora. Porque los que conocen el mamey saben que su batido es el mejor del mundo, al menos eso piensan muchos cubanos.

Según Lezama Lima el mamey «atolondra al extranjero, brindándole por el color un infierno cordialísimo». Para mí volver a probar el néctar del mamey sería una de las pruebas de haber vuelto a casa. La casa original, no la de enfrente. Pero pocas horas después de llegar se confirmó que yo era un extranjero atolondrado en mi propia casa, más por la búsqueda de su recuerdo que por poder saborearlo: habían desaparecido de momento las cordialidades del infierno.

El mamey se convirtió así en la piedra filosofal de mi paladar durante el viaje. Ante su ausencia fui dejando instrucciones para su búsqueda y captura a cuanta persona se cruzara en mi camino. ¡Si ven mameyes, avísenme!, supliqué a familiares y a vecinos, a choferes de coches de alquiler y a vendedores ambulantes, a grupos de jugadores de dominó en los portales y a un jabao que se dedica a llenar fosforeras a la entrada del hospital psiquiátrico de Santa Clara.

«La patria es un plato de comida. Yo me como mi país todos los días», le gustaba repetir al escritor habanero Eliseo Alberto Diego desde México. Para visitar bien un país hay que comérselo, me digo yo. Al menos intentarlo. Es decir, comerse un país también es un ejercicio que nos ayuda a asimilarlo mejor. Un acto casi de consciente canibalismo turístico.

Comerse a su país es una de las pocas soluciones que uno tiene para volver a él y a las edades perdidas en otras geografías.

Lo supe tarde. Tal vez porque en La Habana perdí mi paladar en los años noventa. Supongo que el café mezclado con chícharo, los caldos de cáscara de plátano, el picadillo de soya, un cereal llamado *cerelac* y otras invenciones gastronómicas de la época masacraron sin piedad mis papilas gustativas. Casi de manera irreversible, lo confieso. Son testigos unas cuantas francesas que descubren con estupor mi incapacidad para catar ingredientes y especias.

Lo supe tarde, repito, eso de comer para conocer. Y casi a la vez, en Lisboa y en Venecia. No en París, donde la cocina, apresurada y cara, escamotea los detalles de lo auténtico, escribió Stendhal, al llegar a la capital francesa desde Grenoble antes de irse a vivir a Italia. Fue en Lisboa, almorzando bacalao con una botella de vino verde, y en Venecia, al cenar una pasta *al dente* con un aromático pesto en un pequeño restaurante llamado *Archimboldo*, que descubrí esas maneras deleitosas de poseer invisibles maneras de vivir.

Como era de esperar, las frutas que fui a buscar a Cuba fueron las que me inventé en la lejanía de las bufandas y de los sabores congelados de los supermercados de Europa. Las frutas y las playas son las venganzas leves de nuestro torpe nacionalismo cuando se suele hablar de orígenes y emblemas. Ante la ausencia de monumentos y de lujos refinados tenemos que echar mano del sol, es decir, de la naturaleza, y al ritmo de ciertas sonoridades.

II.

Me levanto al amanecer. El aire acondicionado con su ruido protege el sueño de G de mis sigilos de desnudo felino hacia la ducha. Paso por el jardín de este apartamento que alquilamos en Nuevo Vedado. En short y sandalias salgo a la calle. Único momento, lo sabe mi pasado, de pausa fresca antes que aparezca el sol de agosto. Voy con una jaba bajo el brazo en busca de frutas de las que, anunciaba G en París a sus amigas, comería en una hamaca a la sombra de un cocotero todo el verano.

Subo la calle Tulipán y atravieso la avenida de Rancho Boyeros. Veo despiertos a pulcros ancianos que arrastran sus pies y los cuerpos ajados como sus ropas por los años bajo el sol. Me pierdo y paso delante del dormido Ministerio de la Agricultura. Pregunto a una señora que, estática en una esquina, mira (supongo) al cielo, ¿dónde está el mercado?, y al doblar a la derecha percibo la cola de jubilados que espera la hora de apertura.

Junto a la entrada cerrada una señora vende bolsas plásticas a un peso y se asombra de que no compre ninguna. Abren la verja de alambres, pero nadie corre como esperaba yo: dentro no hay frutas que puedan desaparecer, ni hortalizas, ni carnes; ya han desaparecido antes. Y no hay mucho dinero tampoco. Las siluetas cansadas de los viejos son más bien una procesión que viene formalmente a observar si en los kioscos queda algo por comprar.

El mercado lo forman casetas con techos bajos que protegen de la luz hasta no dejarla pasar, y tablones que, a modo de mostradores, dejan ver las piernas velludas de los vendedores en short, junto a montículos de mercancías amontonadas por el suelo.

De nada sirve que me miren con desconcierto al repetir que busco frutas. Lo que veo a mi alrededor me parecen piezas en miniatura de un verde negruzco. Esparcidas por cajones agrietados se pueden ver, descoloridas y enanas, algunas frutas que se parecen a las que busco: mangos, plátanos y guayabas. No hay más. No hay naranjas. Imposible beber un jugo en el desayuno. En verano no hay lechugas ni tomates, me responde un vendedor joven entre dos coplas de reggaetón que se escuchan desde alguna parte: Eso es de invierno…

Ante mi evidente decepción un vendedor me llama (al decirme «amigo» me percato que ha descubierto que vengo del extranjero), y me muestra perniles de carne que después sabré son de puerco; cortados y expuestos sobre una bandeja de madera que parece mojada y sobre la cual revolotean moscas.

Cuando voy a pagar las pocas frutas que elegí, el vendedor y un anciano que está en la cola miran golosos el puñado de pesos cubanos que saco del bolsillo: quizás unos 10 euros, que es el equivalente de la jubilación de quienes me rodean.

Al caminar de vuelta junto a algunos transeúntes despierta el sol: veo mi sombra sobre la acera. La misma sombra que G, leyendo sentada en el jardín, se cubre con un sombrero. Convencida ella de que, si bien no ha dormido en la hamaca del cocotero imaginado en París, le llevo las frutas tropicales que supone desbordan mi bolso mañanero.

III.

A falta de otras frutas comemos mangos y guayabas. Durante interminables desayunos comemos mango y guayabas en todas sus variantes. Son exquisitos, decimos en Cienfuegos, en Trinidad, en Viñales y en Santa Clara, al despertarnos. «Crecen silvestres y los vende la gente en la calle», me aclara sobre la invasión de mangos un señor en Trinidad a quien he ido a preguntarle si sabe de mameyes.

No bastaba a mis caprichos el placer de tomar un cuchillo en un amanecer adelantado por el calor, y pelar un mango sentado en un portal donde ves aún gotas de rocío y escuchas cantar los gallos. Faltaban los mameyes. Y cuando vimos G y yo unas piñas en el mercado del estadio Sandino de Santa Clara, el regocijo del hallazgo en unos segundos se convirtió en broma: parecían de juguete de tan minúsculas e incoloras.

Cuando menos lo esperaba apareció el mamey. De vuelta de haber ido a correr al Campo de Sport, el muchacho que llena fosforeras a la entrada del hospital psiquiátrico de Santa Clara me llama. Días antes le he llevado un paquete de fosforeras de regalo que G me trajo de Francia, después de habérselas pedido para él por teléfono.

«Ya esto no es el psiquiátrico, chico, ahora es una escuela de ballet», me aclara mientras busca para mí, dice, un regalo: «Aquí tienes: un mamey», y me lo muestra con una sonrisa y una aclaración: «Bueno, está un poco pasado, sabes, como tú andabas dando vuelta por toda la isla se maduró demasiado».

En la cocina de mi madre preparo el batido con hielo en una batidora que de usada y descompuesta produce un ruido tan infernal como el de una locomotora que ruge a lo lejos en dirección a la estación de ferrocarriles. Le doy antes a probar una rodaja del mamey a G: «No me gusta el sabor, parece podrido», me responde. «Prefiero los mangos».

Termino de hacer el batido. Por supuesto que hace calor y me voy al portal a tomarlo congelado. Mi madre me pregunta desde su silla de ruedas cómo ha quedado:

—Está buenísimo, le comento. De todas formas en París no existen los mameyes.

La vigilia de vigías invisibles

I.

Daniel se queda inmóvil y su rostro palidece al verme copiar en mi cuaderno las recetas de cocina de mi madre.

Es superior su consternación al intento por disimularlo. Se prolonga tanto la escena mientras mi madre sigue dictándome su receta de arroz con gris de espaldas a la puerta, que me da tiempo a comprender lo que ocurre: a este vecino de mi madre le han dado la orden de vigilarme. Al verme escribir teme que yo esté ejerciendo el peligroso oficio del cual me acusan sus jefes. El diligente agente voluntario cree que me ha sorprendido *in fraganti,* y le ha llegado la hora de cumplir su misión de informante.

La escena, que hasta aquí parecía idílica, la he imaginado durante años de exilio: copiar las recetas de cocina que comí hechas por mi madre en Cuba, y que a veces extraño en Francia. Quizás sea por el contraste entre la escena y la irrupción de Daniel que me doy cuenta, ante su consternación, que ha comenzado un posible juego de gato y ratón al cual no me prestaré.

Daniel, para presentarlo, es un vecino. Alto, muy alto, como de un metro noventa. Tiene algo del estilo del campesino cubano por los rastros de sol en las arrugas de la cara. Vestido siempre con alguna prenda (pantalón o chaqueta) de color verde olivo, que es aquí el color aquí del ejército. Entra y sale de su casa –justo frente a la de mi madre– durante todo el día en una moto con *sidecar.* En el habla cubana Daniel es «un vecino que se ocupa de darle vueltas a Pancha», para ayudarla si es necesario, porque la miseria humana hermana, pienso yo.

Le pregunto a mi madre –una vez que ha salido a la carrera, supongo que a informar a sus jefes que yo estaba escribiendo en un cuaderno– cuál era el trabajo de Daniel antes de jubilarse: «¿Daniel? Ah, él era coronel del Ministerio del Interior», responde, antes de añadir, porque me conoce mejor que nadie en este mundo: «Pero es muy buena persona, la verdad».

Lejos de preocuparme, envalentona mi orgullo: debo ser alguien curioso a los ojos de quienes vigilan y reprimen aquí, porque no he dejado de decir lo que pienso y me expongo a volver sin mostrar ningún interés por publicar, ser reconocido o cualquiera de esas tantas veleidades del ego.

Me digo que ya era hora que apareciera por alguna parte la persona que me vigila. Echaba ya de menos al centinela que me toca por la cuota. Algo esencial faltaría a mi viaje si no aparecen indicios de vigías. Esa decepción haría más aburridas las vacaciones. Porque si algo explica la banalidad de la represión cubana es el aburrimiento. Al formar parte el chisme de la idiosincrasia criolla, la delación se asume sin remordimiento, como un simple ejercicio oral contra el hastío.

De por sí vivir en una isla es aburrido: dondequiera que uno vaya lo esperan el mar y parajes y personas que ya se conocen. Si a eso se le suma la colección forzada de exigencias comunes que uno debe cumplir y repetir en una dictadura, nada más normal que el fastidio provocado en el individuo lo obligue a buscar vías de entretenimiento, como por ejemplo, vigilar y denunciar a sus coterráneos de manera espontánea. El tiempo que lleva en el poder la dictadura reproduciendo de padre a hijo a estos soplones no deja dudas: Cuba es uno de los lugares de la tierra donde habitan más espías.

Mucho dudaría yo de mi perspicacia si no fuera capaz de detectar quiénes son los que obedecen a la orden de informar sobre mis movimientos. La vida de cada persona es aquí un juego de sombras ante espejos de otros ojos que remplazan al mismísimo sol. Son dobles, triples, múltiples los seres humanos; sin darse cuenta se multiplican sin ni siquiera tener que desplazarse porque del miedo uno se protege con las máscaras: uno mismo contribuye a la confusión, y de tanto querer disimularse cada persona se convierte en un prolífero actor de muchos personajes.

Recuerdo ahora que en los años noventa hacía esfuerzos para memorizar la mentira que repetía a cada persona que me rodeaba, y con la práctica de este ejercicio, evitar confundirme. Sabiéndome vigilado, como en un juego de cartas, brindaba a quien se cruzara en mi camino una versión diferente de lo que pensaba y lo que haría. De esta manera llegaba a descifrar la identidad de quien me denunciara, confrontando la versión de los comisarios con la fábula inventada a cada persona.

Siguiendo esta táctica fue como desenmascaré a Raúl Capote, el más célebre de los delatores intelectuales de los últimos años en Cuba. Astuto para escalar en los medios culturales locales, Capote dirigía un lugar llamado la Casa del Joven Creador de Cienfuegos: una espléndida casa frente al mar, expropiada por el gobierno a algún burgués exilado, donde se reunían los artistas de la ciudad. Un día le inventé a este escritor que me planeaba robar un barco para huir a Miami. Esa fue una de las acusaciones que me hicieron la primera vez que me cogieron preso en Cienfuegos, lo cual me permitió tacharlo de mi lista de amigos.

Pero antes de llegar a estas regiones de la astucia, tienes que perder poco a poco porciones de tu virginidad social. La edad de la pérdida de la inocencia comienza cuando termina el tiempo de descubrir quiénes vigilan y escriben tu biografía para el gobierno. Lo que es increíble en estas circunstancias, como decía Cioran, es que la perspectiva de tener un biógrafo no haga renunciar a nadie a tener su propia vida. Sólo que tu vida es más bien la vida de tus secretos, o de las versiones elaboradas de ella que ya no te pertenecen, pero que protegen la verdadera.

Una tarde de primavera, en el Prado de Cienfuegos, se revelaron en persona ante mí los ojos y la persona de mi espía oficial. Fue el día en que perdí mi virginidad social. Un tal teniente Sarmiento de la policía política, después de presentarse, me invitó a sentarme en un banco no suizo sino cienfueguero, y antes de comenzar a contarme mi propia vida como en el cuento «Borges y yo», me hizo la declaración que me convenció de una vez de huir cuanto antes de mi isla manicomio:

–Yo soy el oficial que se ocupa de ti.

De alguna manera ese desconocido era mi otredad. El lado invisible de mi propio espejo. Sabía dónde, cuándo y de qué manera criticaba al gobierno. Nombraba a mis amigos (algunos colegas suyos, claro), los títulos de los libros que leía, mis quejas por el hambre que hacían de mí, cito, «un desafecto a la revolución». Mi biógrafo policial conocía en detalles incluso los nombres de mi prestigiosa colección de conquistas femeninas de la ciudad. (Nada difícil esto, supe después, porque una de las muchachas, a cambio de que no me detuvieran, hacía los informes sobre mí).

Bien entrenado en sus diálogos con intelectuales, me acarició el ego el teniente Sarmiento, algo que, como es sabido, siempre funciona con los mediocres. Me aseguró que la Revolución necesitaba talentos como el mío. Eso mismo me repetiría semanas después, cuando me interrogó con otros secuaces en una lujosa residencia con piscina en la cual me encerraron dos días acusándome de haber colgado por toda la ciudad de Cienfuegos no sé qué carteles contra Fidel Castro.

De más está decir que me negué a colaborar, en otros términos, a convertirme en chivato. De haber sido así esto podría leerse como el desahogo de un arrepentido y no la confesión de un asustadizo. Si me negué a ser confidente no fue por valiente, aclaro, porque siempre he tenido un miedo atroz, por citar un ejemplo, a que un encierro involuntario y prolongado me impida ducharme varias veces al día. No. Simplemente porque al no ocultar decir lo que pienso o elaborar versiones de mis alegatos, y no haber ocupado relevantes puestos oficiales, no he estado nunca en posesión de secretos.

Para salir de aquel interrogatorio con aire acondicionado, estrené una carta que funcionó: mis críticas eran producto de la decepción y no de una defección, de modo que, de encerrarme injustamente, harían de mí, por rencor, el enemigo que aún no era.

Por haber vivido todo esto antes, sé que la detención en el aeropuerto el día de mi llegada no fue casual. Conozco los métodos disuasivos de mis compatriotas represores. Se trata de una advertencia más que de una alerta. De un aviso más que de una amenaza. Lo sospechaba, y por eso preví que un amigo escritor de la UNEAC me esperara en el aeropuerto. Sabía que nada pasaría, pero estaba obligado a recibir con serenidad y obediencia el mensaje, si quería ver a mi madre antes de que muriera: sabemos que llegas hoy y sabemos también cuándo te vas.

Marcar las fronteras del reinado recapitula tu rol de subordinado invitado. Así de simple es este entretenimiento durante el cual sólo existen cuatro soluciones: simular, rebelarse, colaborar, o huir. Teniendo en cuenta que no soy valiente, confieso que tenía probabilidades reales de convertirme en delator en mi instinto para evitar la cárcel. Eliseo Alberto Diego, en su libro *Informe contra mí mismo* –donde relata cómo le exigieron vigilar e informar sobre su propia familia–, afirma de manera rotunda: «El cubano no admite dos defectos: ser pesado o delator».

Estoy convencido de no ser alguien simpático. Al mismo tiempo, llevar consigo dos defectos nacionales es una engorrosa misión que, al no desear aceptar, me ha salvado de la sanción criolla. Lo cierto es que la idea de ser un delator me aterra más que la propia cárcel. Por eso elegí no la más temeraria de las opciones que me ofrecía la vida, sino la que más correspondía a la honestidad de mi miedo: salí corriendo para Francia.

Con cualquiera de las soluciones adoptadas, tu vida perderá para siempre la inocencia, es decir, su virginidad social: no confiarás nunca más ni en tu propia sombra.

II.

Mi madre, a su manera, trata de protegerme de los ojos de vigías invisibles. Me ha pedido de favor que no caiga en provocaciones si se me acerca alguien para que comente lo que pienso del gobierno, y que evite reunirme con disidentes. «Me moriría de un infarto si te ocurre algo de nuevo aquí», me previene. Dos de mis antiguos camaradas de estudio, asegura, son ahora altos oficiales de la policía política de la ciudad y pueden desear tomar alguna venganza conmigo por lo que he escrito y dicho en el extranjero.

Se trata del teniente coronel Eduardo Castellón y del coronel Raúl Fernández Mederos. Me da risa imaginar que estos dos pésimos estudiantes, que envidiaban mis triunfos cuando yo era adolescente –al punto de llegar a delatarme para que me expulsaran por supuestos problemas ideológicos de la escuela–, convertidos con el tiempo en guapetones primero y en obedientes peones de la dictadura después, tengan esas posiciones de poder en la ciudad.

En la época tenía yo diecisiete años pero ya había sido elegido el deportista más premiado de la escuela, además de tener las mejores notas de mi promoción. De alguna manera cumplía así la orden de mi madre que marcó mi infancia: «Tienes que ser siempre el mejor». La orden cuyo cumplimiento –según ella– borraría la mancha social de sus dos años de cárcel.

Durante años sospeché que a causa de la delación de estos dos resentidos fue que me expulsaron de una escuela militar en la que estudiábamos juntos, por razones que ahora parecerían una broma: tener un reloj Seiko y tennis Adidas enviados por mi familia de Miami. En un acto público en la plaza de la escuela, me presentaron como un ejemplo de estudiante contrarrevolucionario, debido a un chivatazo de estos dos aprendices de comisarios.

Me encomendé a la casualidad para no tener que tropezarme ahora con estos dos represores de pacotilla, y al parecer mis dioses, sabiamente, me impidieron tener que enfrentar un encuentro que hubiera sido fatal para mi paciencia.

Obedezco a mi madre hasta donde puedo: retraso, por ejemplo, mi intento de irme a encontrar con el disidente Guillermo Fariñas –como Payá, Premio Sájarov de la Unión Europea–, y acepto como un niño no regresar tarde en la noche cuando me voy a caminar por Santa Clara.

Debo confesar que hasta este día en que el coronel jubilado me sorprendió escribiendo una receta de cocina estaba convencido de que la persona que me vigilaba era una amiga de mi madre. Leonor reacciona contrariada siempre que yo, para provocar, hago una crítica a lo que sucede aquí. Además mi madre me dijo que Leonor había sido guerrillera con el Che Guevara cuando era una adolescente.

El precio de la duda se despejó sin embargo ante el regreso de un billete de 10 CUC. Le doy ese dinero a Leonor para que pague una compra de verduras y hortalizas a mi madre. Le digo a Leonor al volver que se quede con los 3 dólares que sobran, y se pone a llorar. Temo haber ofendido su moral revolucionaria, pero no, con alivio compruebo que me he equivocado. Le pregunto qué le ocurre y me confiesa que 3 dólares es la mitad de su pensión de jubilada, que con ellos podrá comprarse un par de tennis porque no tiene zapatos, antes de lanzarme de manera espontánea la frase que reconcilia nuestras mutuas desconfianzas: «Nosotros no luchamos para esta miseria, mi hijo».

Más que una espía de barrio esta señora parece la víctima de un sistema que ha utilizado con perfidia su leal ingenuidad.

Conocer la lista de quienes te vigilan te permite emplear mejor tu tiempo, me digo, sabiendo que si tenemos en cuenta la productividad de la isla en chivatería, la longitud de esa lista de vigías invisibles es imprevisible.

III.

El cartero del barrio ha venido a verme varias veces desde que mi madre le ha hablado de mi llegada de Francia. Todos los llaman así, por el nombre de su oficio, que realiza en bicicleta. Algo raro aquí, se expresa con buena dicción el cartero, y además no parece tonto. Cita libros, pone ejemplos de opositores locales, menciona exilados relevantes, etcétera. A la segunda visita me confiesa que es miembro de un partido de derechos humanos y amigo de Guillermo Fariñas. Evado darle muchos detalles de mi vida en Francia, pero no puedo negar que gana mis simpatías este hombre que parece ansioso por saber cómo se vive en otras geografías.

A escondidas de mi madre fijamos una fecha el cartero y yo para ir a visitar a Fariñas. Me afirma que le ha hablado de mí y que a Fariñas le gustaría conocerme personalmente.

Es entonces que entra en escena la vieja amistad. Modesto, un amigo de infancia que posee el don de la inteligencia discreta de un campesino, viene a verme en cuanto ve salir de nuevo al cartero de casa de mi madre:

—A ése también lo han mandado a que te vigilen. Aquí todo el mundo sabe que es un chivato, así que no vayas a lo de Fariñas, que es una trampa.

Ignoro cuantos otros vigilantes reales, ficticios o invisibles se habrán cruzado en mi camino durante las seis semanas. Pero tomé la precaución de mostrarme con un libro o escribir de prisa cualquier cosa en el pedazo de papel que tuviera a mano al avistar a alguien sospechoso de ser un espía. Complacerlos con la evidencia evita la persecución de estos guardianes de inteligencia limitada, y neutraliza de manera automática toda discordia. Se frustra la excitación de la vigilia y se satisface la sospecha: sólo queda hacer el informe o incautar los manuscritos con una receta de arroz con gris criollo. Porque a mi manera he delegado a G la tarea de llevar de vuelta a París lo que he escrito y anotado durante estas semanas.

Borges en una apostilla sobre *La metamorfosis* considera que tanto Virgilio, al pedir a sus amigos destruir el manuscrito inconcluso de *La Eneida,* como Kafka al suplicar lo mismo a Max Brod, disimulan el deseo íntimo de salvar sus obras por decisiones ajenas. Ambos pretendían, asegura Borges, «desligarse de una responsabilidad», y no que sus amigos «ejecutaran una orden». Hermann Broch, anoto yo, recrea esta exigencia de Virgilio en su novela *La muerte de Virgilio* y sugiere, entre sus causas posibles, el deseo del poeta de no querer contrariar a Augusto. Más imprecisas son las razones que motivaron a Kafka, si se tiene en cuenta —y en esto se basa la conjetura de Borges—que quemó una parte de su obra y no todos los manuscritos que Brod rescataría.

A mi modesta escala de escritor desconocido, y salvando por tanto las jerarquías que distancian estas notas de viaje de manuscritos memorables, no he optado por la desobediencia de los albaceas sino por la simulación. No creo además que en la sociedad cubana un intelectual pueda provocar, por enojo, reacciones directas de nuestro Augusto: para reprimirlos existen los espías y los bufones sumisos. Eso sí, asumo a media asta mis responsabilidades. Porque al mismo tiempo que hago creer a mis hipotéticos perseguidores que escribo lo que suponen, encomiendo a G que, con serenidad, saque de Cuba mi manuscrito. Soy yo y no ella quien se va ocupar de publicar lo escrito.

Poco antes de irme a Cuba he abierto una página del libro VIII de *Les Confessions* de Rousseau, y he anotado a manera de epígrafe en mi cuaderno de viaje lo que sigue:

> Je sens bien que, si jamais ces Mémoires parurent à voir le jour, je perpétue ici moi-même le souvenir d'un fait dont je voulais effacer la trace, mais j'en transmets bien d'autres malgré moi.

No sé si un día se publiquen estos apuntes. Pero temo, como Rousseau, que si eso ocurre aparezcan recuerdos que quiero borrar y a la vez, a pesar mío, transmita otros sin darme cuenta. Al publicarse no queda más remedio que asumir los riesgos de dejar por escrito mi exorcismo, o mi miedo. En todo caso no salgo de este viaje de ida y vuelta al lugar donde he nacido con las manos vacías, quiero decir, sin haber escrito mis confesiones.

La ignorancia

Busco la escuela donde aprendí a leer y a escribir. Con una emoción que no creo que sea fingida, salgo de casa de mi madre rumbo a la Carretera de Sagua, nombre de esa avenida adornada por copeyes que nace en la estación de trenes de Santa Clara y va hacia Sagua, la ciudad de la costa norte donde nacieran el pintor Wifredo Lam, el médico Joaquín Albarrán, el académico Roberto González Echevarría y otros muchos cubanos eminentes.

En alguna parte he leído que los aborígenes insulares fabricaban pelotas de los copeyes para jugar, que con sus hojas escribían mensajes los mambises. Carlos Manuel de Céspedes, en su refugio de la Sierra Maestra, las utilizaba –dicen– como papel cuando enseñaba a leer y escribir a niños campesinos.

Están tiznadas, supongo que por el humo despiadado de camiones y tractores de paso, las hojas ovaladas de estos copeyes que no me atrevo a tocar, aunque ahora se ven transitar más carretones de caballos que ómnibus o coches por la avenida que decoran.

A la armonía de la lentitud de la tarde parecen unirse los pasos de caballos fatigados y de transeúntes que miran hacia una lejanía que no sé dónde situar. De tanta nieve y nubarrones soportados durante mis años de exilio prefiero caminar ahora bajo el sol. Bebo constantemente agua congelada como si fuera a mitigar así, por el rocío artificial de la botella, el sudor pegajoso tan diferente al que me agobia en el Mediterráneo.

Muchas veces, al despertarme aturdido de una siesta estival en Europa, me he tocado el cuerpo para comprobar, por la manera en que siente mi piel el calor, que no estoy en Cuba. Que el sueño ha sido un sueño, y que ya estoy del otro lado de ese calor mojado que hasta hace que se te salten las lágrimas si cierras los párpados mirando a la luz.

En medio del sopor del mediodía, en el portal de la escuela, está sentado en un taburete un hombre que supongo es el guardián. La puerta permanece abierta de par en par a pesar de que es la época de las vacaciones escolares de verano. La construcción es austera pero de cierta elegancia: un tejado con un tejaroz en picada a manera de ancho portal que sostienen dos vigas metálicas en lugar de columnas. Otro señor más viejo y mulato, sin camisa y con un musculoso cuerpo sudado, se asoma a la puerta cuando me escucha preguntarle algo al guardián, que a manera de respuesta dice en alta voz lo que ha pensado al verme:

–Usted viene de afuera, ¿no?

Le explico por qué estoy allí. No creo me escuche porque examina, supongo, mi ropa o alguna palabra mal acentuada. Quizás algún gesto de esos que al parecer me traicionan desde que he regresado. Le pido entrar y hacer algunas fotos. Un perro echado a sus pies lanza varios ladridos y huele mis sandalias, antes de mover el rabo, atenuando con ese gesto mi inquietud.

El deterioro de las paredes es evidente pero lo atribuyo más bien al paso del tiempo que al descuido, como si desde mi ausencia todo se hubiera caído a pedazos en vez de quedarse intacto. Huele a polvo y a muebles agrietados. La música de herraduras sobre el asfalto manchado de kerosene se diluye más allá de la puerta a medida que me adentro en la escuela. Recorro las aulas. Camino entre pupitres. Más bien, el lugar de los supuestos pupitres donde me sentaba, y que ahora han sido remplazados por mesas y sillas.

Es curioso, me digo, que vayan apareciendo ante mí, por contraste, las imágenes de las escuelas de mis hijos Ariane y Joaquim en París, y no la de mi tía Mercedes que supongo ahí, en el centro del patio de recreo, con el vestido de flores y la merienda en sus manos transparentes. Su peinado impecable y aquella sonrisa amplia como la tapia que divide en dos la luz y el azul del cielo. Mercedes, mi madre de adopción cuando mis padres fueron encarcelados. Muerta de una lenta diabetes en el verano de 1993, mi tía. Su muerte fue la despedida de la isla, el adiós que esperaba para irme a recorrer el mundo sin remordimientos.

Al salir hacia el portal, de regreso del patio vacío, me paro a tratar de conversar con el guardián. Es entonces cuando me percato de que el otro, brilloso de sudor desnudo, y que no ha pronunciado palabra alguna, me ha seguido de sombra por la escuela, y ahora se recuesta con desgano al marco de la puerta, justo detrás del taburete del guardián y junto al perro.

Trato de entablar un diálogo con el guardián tal vez porque no sé de qué manera despedirme. Él me pregunta por Francia y yo, como si no lo escuchara, trato de comentarle mi conmoción al recordar mis años infantiles en ese lugar, y la esperanza de mostrar la escuela un día a mis hijos.

Se vuelve un instante hacia su silencioso compañero de guardia. Ambos sonríen mirando otra vez a ese lugar para mí desconocido adonde se van las miradas de decenas de personas que veo deambular, o con quienes deseo conversar desde que llegué a Cuba.

El guardián acaricia al perro que no deja de mover el rabo como si fuera su manera de sonreír también, o de mirar hacia el mismo sitio que sus amos.

En un pasaje de su novela *La ignorancia*, Milán Kundera cuenta cómo su heroína Irena, una checa exilada en París, organiza una cena con sus antiguos amigos al regresar de visita a Praga tras la caída del muro de Berlín. Para la ocasión Irena ha llevado doce botellas de vino de Burdeos. Cuando trata de hacer un brindis con sus amigos en honor al reencuentro, estos le confiesan que, como es costumbre allí, preferirían festejar con cervezas. Las doce botellas quedan casi intactas alrededor de la mesa de invitados.

No recuerdo qué respondí sobre Francia al guardián, pero sí puedo afirmar que no hubo ninguna reacción de su parte al intentar transmitirle mi sentimentalismo por el instantáneo tiempo recobrado. Al despedirme tampoco aprecié cambios en el otro portero de torso desnudo, y sólo estoy seguro de algún que otro entusiasta ladrido de adiós del perro.

De regreso a La Habana, y a pocos días del homenaje a Virgilio Piñera por su centenario en el teatro Trianón, J A me llamó por teléfono para invitarnos a G y a mí a una fiesta en su casa. Me aclaró que cumplía cincuenta años y aseguró también que a la fiesta irían Antón Arrufat y otros escritores, y que era una buena ocasión para que yo los conociera. Le comenté que estábamos libres ese día y que, incluso, nos quedaba aún una botella de vino francés.

–Déjate de comer mierda haciéndote el francés y compra con tus euros unas botellas de ron, chico…

La fiesta en el Cerro fue muy agradable. Hasta hubo torta con velas encendidas y un colectivo *Happy Birthday* para el homenajeado. Pero G y yo, por ejemplo, encontramos demasiado grasosas las frituras de malanga, y de beber tantos mojitos nos vimos obligados a pedir un taxi para volver a nuestro apartamento alquilado.

La botella de vino de Burdeos, si no me falla la memoria, se la dejé de regalo en Santa Clara a un muchacho profesor de francés que me vendió, a buen precio, una caja de auténticos tabacos Cohiba.

Diario de un poeta en la central nuclear

I.

Mi travesía nocturna en un barco de pasajeros por la bahía de Cienfuegos me hizo recordar con estupor el día y el momento en que fui nombrado asesor literario de la central nuclear. Fue una mañana de septiembre de 1987, cerca de la estatua de Martí y del parque que lleva su nombre, en la sede del Ministerio de Cultura de Cienfuegos.

Yo había acabado de terminar mis estudios de filología en la Universidad Central de Santa Clara. Había sido el primero de mi promoción y me enviaron obligado –en Cuba se le llama «servicio social» a esa orden– a trabajar a orillas del mar. «Fue un error, no es en Cienfuegos donde usted va a trabajar» –me dijo la jefa de personal del ministerio–, «sino en la ciudad nuclear». ¿Dónde? Yo creía haber oído mal. «En la CEN, chico, en la CEN» –replicó ella, que perdió su paciencia cuando le pregunté (tan mal que llevo siempre eso de las siglas), si se trataba de un centro de investigaciones literarias:

–Díganle a este muchacho dónde se coge el barco pa'ir pa'llá pa'la candela ésa –gritó desesperada a los que escuchaban la conversación a nuestro lado.

Como se sabe, el único problema de la única central nuclear cubana es que nunca ha existido. El resto sí. Quiero decir que sobreviven las ruinas de lo que fue el proyecto. Antes que anochezca son todavía visibles desde el bello malecón de la bahía de Cienfuegos: en lontananza, y por donde un día pasara una carabela de Colón, se puede distinguir la sombra del esqueleto del reactor oxidado junto al mar.

Caminando como un turista por el malecón cienfueguero, elegante remedo del habanero, veo aparecer ante mí la susodicha silueta del reactor, y me paro en el acto a mostrársela como prueba a G, que lleva tiempo, la pobre, soportando el recuento de mis años de pesadillas nucleares.

Se me ocurre, en un gesto masoquista que todavía no entiendo, que debo volver de incógnito a ese sitio para ver en qué se ha convertido. Eso sí, esperaré que G regrese a París, pienso, porque si le propongo que me acompañe es capaz de armarme un decente escándalo a la francesa. «A ese lugar vas tú solo y después me cuentas, *d'accord*?» –algo así habría dicho. Por cierto, los franceses que oyen mis cuentos sobre mi vida en una central nuclear cubana temen enseguida que yo pueda estar contaminado como un sobreviviente de Chernóbil. Yo alargo y alargo mi cuento para verlos alejarse con disimulo en sus butacas, hasta que, al decirles al final que nunca funcionó nuestro solitario reactor, los siento respirar aliviados y sonreír a coro con higiénica tranquilidad.

Al llegar al muelle del pintoresco pueblo de pescadores me indicaron donde estaba la ciudad nuclear. Supuse lo que después se confirmaría: el olor del mar y de peces tostados sobre los arrecifes sería un refugio para soportar mi obligatoria misión. Se pasaba a un costado del Castillo de Jagua (entonces abandonado a la hierba y a las penumbras como el de Kafka), y se marchaba unos cuantos minutos por un terraplén si se quería llegar más rápido. Aparecía así al caminante, de golpe y detrás de espinosos marabúes, la ciudad: un monolítico grupo de edificios de prefabricados alineados sobre un promontorio.

Tocando de puerta en puerta y preguntando, con mi maleta a cuestas, me recibió Julio César, el director de la Brigada Artística 3er Congreso del Partido: así se llamaba el grupo en el cual yo fungiría como asesor literario. La llamada Brigada Artística era un conjunto de actores y músicos recién graduados de escuelas de arte que tenía como misión servir de bufones a la hora del almuerzo de los soviéticos, los ingenieros, e incluso, de los obreros –casi todos de las provincias orientales– que trabajaban en las obras. El grupo iba al mediodía a los comedores obreros o al restaurante de ingenieros rusos y cantaba canciones de la trova, o representaba algún *sketch* para aligerar las digestiones.

A su vez, tratando de no hacer todo el tiempo el ridículo, los artistas fungían de profesores y formaban por las noches grupos de aficionados con la esperanza de ambientar aquel páramo de bloques grises y empolvados pedregales, donde pululaban miles de zombies culpables de un error desconocido, pero con fecha de vencimiento: al cabo de dos años podíamos salir echando de allí para siempre.

Para el alivio de mi supervivencia existía ya un taller literario cuyo nombre me encantaba. *Anna Frank*, se llamaba. Al parecer ese nombre había sido una tímida tentativa subversiva de alguien que ya había tenido el derecho de volver a La Habana. Eso me contaron Pascual y Rodolfo, dos tipos que parecían haberse leído todo, y que trataron de trajinarme al principio como el recién graduado a la vez académico y desorientado que pensaban –con cierta razón– que era yo.

–¿Qué has leído de Milán Kundera? ¿Y de Vargas Llosa? –me lanzaron como prueba de admisión a su cenáculo. Ante mis titubeos me desafiaron a cumplir uno de los ejercicios intelectuales más exaltantes que he conocido: leer un libro por día.

Cada miembro de la Brigada fue conmigo de una extrema generosidad, justo es reconocerlo, y sus consejos ayudaron mucho a mi adaptación a aquel lugar. Por ejemplo Lázaro, el guitarrista (que ahora triunfa en un *show* de la televisión de Miami), me aseguró que el castigo de estar allí se atenuaba con el consuelo de una promiscuidad desaforada. Para empezar, me dijo, te voy a presentar a las empleadas que hacen *striptease* por cinco pesos.

Otros me mostraron la segunda compensación de aquel lugar: poder pasarse el día escondido del trabajo en clandestinas playas nudistas. En realidad este placer parecía una variación del anterior, pero pasado por aguas transgresoras.

Yo, fingiendo un dinamismo que nunca me ha caracterizado, me apresuré a hacer un boletín que se llamaba *Anna Frank: Suplemento Literario de la Central Nuclear* –si alguien conoce de otro ejemplo parecido en la historia literaria, que me lo diga, porque todavía hoy en día yo vivo orgulloso de ser en eso un fundador universal–. Fue todo un éxito el suplemento. Como lo distribuíamos gratis por la ciudad, de todas partes fluían técnicos de soldadura, enfermeras, traductores, plomeros, empleadas del círculo infantil, choferes de guagua o camareros de la heladería Coppelita que escribían cuentos y poemas a escondidas y querían dejar de ser inéditos.

Darme cuenta poco a poco de la dañina desolación de aquella aldea me incitó a programar, con más deseos de provocar que de consolarme, una semana de cine independiente. En medio de un debate que siguió a la primera proyección se escucharon los ruidos de sirenas desde la calle. Era la policía. Se llevaron presos y de vuelta a La Habana a los artistas invitados. A mí me convocaron a una reunión. Y me ordenaron largarme de allí por tener, dijeron, *problemas ideológicos.*

Aterrado, les pedí con un susurro una explicación semántica de aquella imputación que hasta esa fecha asociaba a la posesión de un reloj Seiko y unos tennis Adidas, culpables de la expulsión pública de mi instituto:

–Tú te atreviste a pasar esas películas raras aquí en una obra de choque de la Revolución, y como si no fuera poco, has puesto unos poemas de la María Elena Cruz Varela ésa en tu boletín literario. Hace tiempo que nos tienes ya cansados con tus gusanerías y tu pelo largo.

II.

Pregunto el horario actual de los barcos en el muelle y me alegra que haya algunos turistas despistados que quieran atravesar conmigo la bahía hasta el pueblo del Jagua. He preferido ir al atardecer. Eso sí, me informo sobre el último barco de regreso para no quedar atrapado. Pasamos Cayo Carenas, donde antes veraneaban opulentos burgueses cienfuegueros y ahora sobreviven de la pesca unas treinta personas. Al saltar al muelle del pueblo, protegido del golpe del barco por huecas gomas de camión, reconozco los dos almendros del minúsculo parque donde tantas tardes me senté a esperar respirando el salitre y el olor de escamas calcinadas. Contrario a lo imaginado en mis pesadillas, todo el poblado aparece ante mí recién pintado y reluciente.

–Están restaurando el Castillo de Jagua, pero el reactor nuclear lo han dejado abandonado a los herbazales y las vacas –me explica un hombre ya mayor que se abanica con un cartón, sentado no lejos de la entrada de la fortaleza. Y usted ¿de dónde viene, señor?

Me asomo al interior del castillo hasta donde me lo permite una empalizada que lo protege de los curiosos. Todo parece a la vez pulcro y en vías de alcanzar el orden requerido para mostrarlo a los turistas. Nada que ver los dos cañones refulgentes de la entrada y las rocas calizas pulidas de las almenas con la herrumbre, los charcos del aljibe y las zarzas entre las que buscaba entonces por las tardes un lugar donde leer y escribir al abrigo del sol y de intrusos.

Yo escribía en aquella época con un frenesí terapéutico y soñaba con poder ganar un día el Premio David de poesía, que entonces era lo máximo en la farándula ilustrada de la isla. Ya en mi época de estudiante había visto pasar con melenas y alpargatas a los entonces iconoclastas poetas de Santa Clara, que poco después figuraban en la lista de antologías y revistas. Al menos, como carta de presentación para conquistar muchachas aquello era infalible:

lo había comprobado con muchos de los premiados, que ni eran lindos ni escribían nada extraordinario pero después de los premios tenían novias esplendorosas. En todo caso mi insistencia estaba dando sus frutos y de seguir a ese ritmo, bien acompañado a su vez por el desamparo existencial y amistades librescas, pronto tendría listo mi poemario, escrito entre la ciudad nuclear y una fortaleza colonial abandonada.

Las peñas literarias que cada jueves reunían a los condenados culturosos de aquel manicomio también eran un éxito rotundo. Eufóricos por oír poemas, monólogos, escuchar trovadores o ver a las bailarinas de nuestra brigada hacer coreografías en trusa, el público se sentaba a aplaudir con delirio y a cantar, al tiempo que se distribuía un té que los bolos (denominación de los rusos en Cuba), en un gesto solidario, nos habían dejado comprar en las selectas tiendas en divisas de la ciudad a las que sólo ellos tenían acceso.

Porque la geometría de la ciudad era muy sectaria, por cierto. De un lado –en un suburbio alejado que llamaban «La Loma»– vivían los obreros. En la ciudad, los rusos y los ingenieros cubanos. Pero a los rusos les estaba reservado el sector más elegante de la ciudad: disponían de un anfiteatro gigantesco, de un mercado de frutas y hortalizas, y de una tienda refrigerada donde se podía encontrar de todo.

III.

Me detengo ante una mole de cemento que resurge detrás de una cuesta y trato de reconocer esos mismos lugares veintitrés años después. Me sorprende, por haberlas olvidado, la altura de dos torres de apartamentos que en la época estaban reservadas a una élite de dirigentes. Me dejo llevar por calles que, como entonces, siguen solitarias y alumbradas a medias: de un golpe (como ocurre en el trópico) cae la noche, y se escuchan el chirrido de los grillos, los silbidos de cigarras y el revolotear de otros insectos. El ruido de mis sandalias sudadas alterna con el susurro molesto de esos aleteos en mis oídos, que apagan a veces ráfagas de la brisa que viene del mar.

A estas alturas me doy cuenta que no podré ir hasta el reactor nuclear, olvidado a unos cinco kilómetros de aquí. Subo la cuesta para llegar a la calle principal. A ambos lados se despliegan las dos hileras de edificios con tanques de fibrocemento como coronas que almacenan el agua potable, y que han tratado de conservar colores desteñidos tal vez por la lluvia, el sol, el salitre y sobre todo el olvido.

Escucho voces que alternan con el zumbido de insectos y salen, como las intermitentes luces de un pálido neón, por orificios que supongo sean las ventanas y balcones de los apartamentos. La sensación de estar a la vez en un lugar fantasmagórico y habitado por seres que se esconden a la espera de algo detrás de las paredes descoloridas me produce una zozobra que crece a medida que camino sin dirección precisa por el centro de la calle.

No sé si me lo pregunto, para convencerme que fue cierto, o si me lo confirmo como repetición de algo que me parece alucinante: «Aquí pasaste tú tres años de tu vida», me digo en alta voz.

Por temor a un traspié no me alejo más allá del límite de las calles asfaltadas. Desorientado por el tiempo que llevo dando vueltas, busco a quién preguntarle por el sitio exacto donde estaban los apartamentos de la Brigada Artística y que ahora no encuentro. Es entonces cuando veo venir a un niño. Está en short y sin camisa. Camina dando saltos y tarareando algo que no entiendo: «Robeisy va a llegar esta noche con el oro de Londres». Eso va diciendo el niño, a quien, de tan apresurado, no tengo tiempo de preguntarle nada cuando nos cruzamos. «Robeisy va a llegar esta noche con el oro de Londres», repite sin cesar. «Robeisy...».

Creo haber oído mal. Por el nombre incomprensible que menciona, por lo del oro, por lo de un Londres mencionado aquí, en esta tierra baldía que ni siquiera posee un gentilicio para su gente. Me quedo otra vez solo y a tientas vuelvo sobre mis pasos para no perderme, porque, contrario a lo que pensaba, no me ubico bien ni logro encontrar lugares que fueron importantes para mí y ahora están convertidos, imagino, en oficinas o almacenes, o en pleno abandono como el reactor.

Veo mi sombra en el asfalto agrietado, pero no es el sol sino una luna llena quien la deforma a mi lado.

Es entonces que se produce el estruendo. Como impulsados por un mandato colectivo, salen de los apartamentos turbas de personas que gritan algo incomprensible, al tiempo que levantan los brazos, suenan cacerolas, se abrazan y se besan, aplauden: trata cada uno, como sus vecinos, de hacer el mayor ruido posible. La algarabía se propaga. Descienden de los apartamentos uno, dos, decenas de enjambres de grupos en short y chancletas, muchos sin camisa, semidesnudos, y todos vociferando algo que supongo provoca la improvisada manifestación de júbilo. Porque de eso se trata: de un repentino y desordenado alboroto festivo.

Escucho de nuevo las sirenas en este lugar, como aquella tarde en que las imágenes de un cortometraje en una pantalla improvisada fueron cortadas de un golpe por decenas de uniformes, y la llegada de una patrulla en un jeep militar soviético. Corre con gran desorden el hervidero de alocados por la calle principal en la que estoy. Al parecer van en dirección a la entrada de la ciudad que se ilumina de fuegos artificiales. Alguien vocea con una bocina en la mano desde la altura de un poste eléctrico de cemento. Todos saltan, gesticulan, braman a la manera del preámbulo de una ceremonia ritual. Como si fuera poco, se propagan por altavoces que se activan de pronto los acordes de un reggaetón que incita a la multitud a comenzar una danza desaforada al mismo tiempo que caminan hacia lo que supongo sea el punto de reunión.

Me atrapa la marea de la procesión y en medio de los golpes a cazuelas, cubos, machetes y guatacas, del claxon de la sirena que no se apaga y alterna con voladores y el reggaetón, logro preguntarle a una muchacha qué ocurre –el minúsculo short que deja ver algo de sus nalgas me distrae un momento del jolgorio, haciéndome recordar las tórridas aventuras sexuales de mi época de asesor literario y editor de escritores aficionados–. La muchacha me repite, mirándome con extrañeza de arriba abajo, como el viejo caluroso del castillo de Jagua, lo mismo que el niño.

–Un boxeador de aquí, compañero, que ganó el oro en la Olimpiada de Londres hace unos días, Robeisy Ramírez se llama –añade, más bien molesta, cuando insisto–. Ya llega, lo recibimos… y usted ¿de dónde viene?, ¿de dónde salió usted, compañero?

Me doy cuenta que no tiene sentido quedarme más tiempo en este lugar. Me deslizo con dificultad en medio de un grupo que, al percatarse de mi presencia, me examina con una mezcla de sorpresa y de desconfianza en las miradas. Busco uno de esos senderos torcidos y pedregosos que conozco y que permiten ganar tiempo en la vuelta al poblado de Jagua. Pero ya la masa de gente ha crecido tanto que me arrastra con empujones al tiempo que bloquea las salidas de la calle a los marabuzales.

Tratando de encontrar una fisura entre los tumultos agitados, me doy cuenta que me acerco por inercia a la entrada de la ciudad, desde donde podré liberarme y correr al castillo. Llegar a esa fortaleza colonial es mi salvación de las hordas de la ciudad nuclear. Sobre todo a estas horas, en que se apresta a zarpar el último barco nocturno que atravesará la bahía hacia Cienfuegos.

En eso estoy cuando la proyección de dos inmensos faros de un jeep soviético al centro del cual viaja, de pie, un muchacho con cara de resignación, envuelto en una bandera cubana y con algo que debe ser una medalla colgada al cuello, me da en pleno rostro y me encandila. Al ver la multitud al repentino ídolo local, el ruido llega a su apogeo porque el jeep se une solidario al estrépito accionando sus cláxones, y la turba que lo rodea reacciona gritando desafinada: ¡Robeisy campeón!, ¡Robeisy campeón!, ¡Robeisy campeón!

La escena se eterniza ante mis ojos: durante unos minutos no hay escapatoria posible del epicentro de la muchedumbre. Ya me resigno a soportar los alaridos en honor del púgil local cuando llega a su colmo mi desamparo al oír, a escasos metros, otro grito que desentona con el canto a la gloria boxística:

—Ése es el poeta, el que botaron de aquí hace tiempo, dicen que se fue pa'fuera…¡Ataja!

El grito viene de un grotesco perfil que al acercarse se convierte en un brilloso rostro ovalado, sin dientes, y rematado por un pañuelo de flores que trata de cubrir sin éxito unos rolos de cartón humedecidos quién sabe si por el sudor. A la mujer se une un hombre que supongo es su marido y después otros enardecidos colaboradores. Y la persecución comienza. Porque aprovechando un espacio libre detrás del jeep soviético del gladiador londinense, empujo y salgo a correr loma abajo entre las zarzas y los guijarros. Siento las lascas de las piedras penetrar por las suelas de mis sandalias, las espinas de marabú rozarme los brazos y agujerear mi camisa, al tiempo que mi bolso trota y salta conmigo sobre mi espalda, y el jadeo se corta con el aire del salitre que viene del embarcadero y entra con su sabor amargo por la nariz y la boca seca.

Por suerte o por desgracia el pueblo de pescadores tiene todas sus luces encendidas. Parte del Castillo de Jagua, gracias a unas bombillas, muestra también al cielo estrellado y a la luna llena sus murallas recién aderezadas. Atravieso el parque de la casona de madera que linda con el castillo, sigo a toda velocidad ante la mirada asombrada del mismo viejo que no deja de abanicarse con un cartón y me hace un gesto, no sé si de adiós o de saludo, cuando escucho el silbido del barco que previene a los viajeros atrasados de su eventual partida antes de soltar amarras. Salto. Sin dudarlo salto desde el muelle y caigo en la cubierta con ayuda de unos adolescentes que ante el desconcierto tienden, por suerte, a darme una mano para que no caiga al mar.

Me vuelvo un momento a mirar hacia el muelle. La luz de una farola alumbra la silueta de la mujer ahora sin el pañuelo, exhibiendo los cilindros de los rolos atados a su cabeza, en short y descalza, haciendo gestos desesperados por retener al barco mientras, supongo, grita algo que apagan las olas y la brisa.

Miro entonces desde la cubierta más allá, por encima del puente levadizo y la torre del Castillo del Jagua, y se ve iluminada —se diría por una hoguera gigante que parpadea— la ciudad nuclear. Más lejos, sin embargo, y a pesar de fijar bien la vista bajo una radiante luna llena, ninguna sombra ovalada se percibe en la noche de los escombros de concreto del reactor que nunca existió.

Cienfuegos, capital del mundo

Cada uno recuerda algo diferente de una ciudad. Con nosotros o en una estación ajena, la ciudad envejece y cambia: no nos espera. Peor, como a los muertos no le importamos gran cosa, estamos de paso y ella permanece. No conozco muchas maneras de hurgar en la ciudad nuestra ausencia. Ninguno de nuestros caprichos edulcorados sobrevive, hasta sus ruinas se derrumban o se maquillan. Supongo que existen formas de evocar una ciudad (el arte local justifica su existencia con estas misiones), pero yo, por limitaciones de mi inteligencia y mis afinidades, he preferido constatar la manera en la cual se escribe la ciudad, cómo se proyecta una fotografía contada de su espíritu; la permanencia escrita de su tiempo.

Ando buscando a Marcial Gala por Cienfuegos. En la céntrica librería del boulevard me dan el teléfono de la UNEAC. Es conocido Marcial, el más premiado escritor de la ciudad. Me alegra este reconocimiento que confirma la vanidad de mis intuiciones: estuve siempre convencido de que él poseía una mirada muy personal para transcribir ese caos cotidiano que, a fuerza de dispersas lecturas de años y de eso que Cyril Connolly llamara *calidad de espíritu*, ha tratado de hacer, a su manera y con sus medios, universal.

El presidente de la UNEAC sigue siendo el mismo Orlandito de siempre. Me habla con afecto —escribo esto y me doy cuenta que a lo mejor espero o deseo que me hable de otra manera—, como si hubiera sido ayer y no hace veinte años nuestra última conversación. Me dice que pase cuando pueda por la UNEAC, esa misma tarde si quiero. Me da el teléfono de casa de Marcial.

Durante el tiempo que viví en esta ciudad y en la memoria que idealizo de ella, Marcial se fue convirtiendo en la otra mitad que yo hubiera querido ser y no fui por ignorancia y pereza, por descuido o tal vez por hipocresía. Marcial como una conciencia malévola que anota y mira, y viceversa, pero pagando el precio, eso sí, de haberse quedado sin conocer esos paisajes del renacimiento que él imagina y anhela. Es más fácil, me parece, dejar a los otros esa misión imposible de respirar o imaginar en libros una realidad que ya uno no puede soportar. Algo de Marcial consuela la supuesta vida que mi voluntad y mis ambiciones me impidieron asumir, al punto de temer que mi afecto por él sea una forma de completar una parte de mí mismo que disimulo u oculto.

Marcial lleva a cuestas, allí, en ese Cienfuegos de una belleza desconsolada, tres condenas que no le han impedido el triunfo de su mayor superstición: ser escritor. En una cultura hipócritamente racista, es negro, vive en provincias, y es un solitario que mira al poder desde las gradas de su nocturno estadio irreal donde deambulan visiones, olores, voces y pesadillas que él ha tratado de ordenar por escrito, hasta ir tejiendo, con paciencia, una mitología subterránea de la ciudad.

Nos damos cita en el Hotel La Unión, al final del boulevard y justo antes de llegar al Parque Martí. Nos sentamos frente a la piscina ovalada de ese neoclásico hotel restaurado, ante dos blancos leones de piedra que sirven de guardianes a la entrada del agua adonde G ha preferido, con discreción francesa, ir a bañarse mientras él y yo hablamos. Es justo decir que el momento supera las profecías que hubiera añorado en mi exilio. Me gusta el contraste entre el lujo postizo del sitio y la eterna displicencia de Marcial, que parece haberse bajado al instante de una guagua de los años noventa, la época hambrienta en que hacíamos largas colas para desayunar lo que apareciera no lejos de ese mismo lugar.

Acaso en la amistad el egoísmo toma una pausa y nos concede no sólo vernos en el espejo sino también preguntar por el otro. Durante años de exilio he tratado de seguir lo que ha escrito Marcial con la satisfacción y la intriga de enterarme que ha logrado sobrevivir y publicar, ganar premios y tener la aprobación de quienes ya no pueden ignorarlo. Y sin darnos cuenta estamos festejando el triunfo por un libro que aún no ha sido publicado. Marcial me cuenta que acaba de ganar el premio Alejo Carpentier con la novela *La catedral de los negros*. Que ha ido a Santo Domingo y pronto estará en la Feria del libro de Guadalajara. Además le han dado una casa propia y dirige una tertulia literaria llamada «El relajo con orden».

Tratándose de Marcial ni siquiera cometo el esfuerzo de indagar cómo ha perdurado su fe en medio de tanta incertidumbre. Porque tiene que ser la fe y el mundo ficticio que cabe en su enigmática sonrisa lo que le ha permitido seguir de largo entre tantas batallas por la supervivencia que transita todo cubano: soy testigo de haber visto a Marcial, lo juro, vendiendo chicle en la Manzana de Gómez de La Habana, y otra tarde estaba de pie con un mango a la venta frente al teatro Terry de Cienfuegos.

Basta con verlo caminar por la ciudad con su gorra de pelotero de béisbol –como haríamos unas horas después hasta tomarnos juntos una foto al lado de la estatua de Benny Moré en el Prado–, con seguir la parsimonia de sus respuestas a angustias que podrían resultar irreales porque me pertenecen a mí, al fugitivo que ahora vuelve intentando conservar cierta amistosa lealtad. Hay personas así, que poseen el don de atravesar silbando un campo minado mientras uno se queda quieto bajo una piedra, susurra una tregua a los dioses o espera que al menos un globo, un barco o una nave espacial se lo lleven urgente a otro sitio.

Después de haber leído casi todo lo que ha escrito, estoy convencido que a Marcial le da lo mismo vivir donde le ha tocado o en otro sitio. De todas formas no hay remedio, piensa. Su inteligencia es lo suficientemente aguda para darse cuenta de que la literatura no cambia al mundo, y que la fidelidad a la tarea de escritor que él mismo se ha encomendado no lo puede obligar a simular: en cada cuento, poema o novela de Marcial se registra la fatalidad de la existencia humana, la añoranza por algo que la realidad o la súbita aparición de Dios, de cadáveres y moribundos, de alcohólicos y drogadictos, o de fantasmas, vaticinan imposible.

En el lamento mordaz de la escritura de Marcial subyace la melancolía de un narrador o de un testigo que acepta con sorna el desastre, el naufragio de toda salvación, la victoria injusta de la viveza del mal. Escribo bien *viveza* del mal porque en sus historias son los rufianes quienes salen ganando, los que se llevan la mejor parte en la tensión constante que se establece entre sus acciones y el amargo lirismo de un protagonista impotente ante la perversidad.

En el cuento «Perro Mundo», que abre el volumen *Es muy temprano*, una pareja que duerme en el cementerio es testigo de un asesinato que se narra con lujo de detalles. Instantes después de la macabra escena, y tras comprobar que la víctima moribunda les pide ayuda, la narración se interrumpe y a la vez termina con un sorprendente diálogo de dos líneas:

¿Le revisaste los bolsillos?
No, dijo ella, ¿sabes?: en todo este jodido mundo no hay un tipo como tú.

En «Hojas de almendro» un muchacho se va de viaje por la isla con dos turistas suecas pero no sabe bien si es realidad o un sueño; al final la policía lo despierta en la habitación de un hotel y la duda persiste. En «Carlos, la Tirri y yo levitando» el narrador comete un crimen pasional y al llegar la policía, es decir, la realidad, logra al fin alcanzar su objetivo: «Cuando llegó la policía ya yo estaba levitando». En «Clara y los gorriones», dedicado a Juan Francisco Pulido, joven escritor cienfueguero que se suicidara en Minnesota, se invierte la estrategia: se comienza por un entierro y se describe después el suicidio, para terminar con una imagen que en boca de su madre viene a explicar el título: «Cuando era pequeño, dejábamos abiertas las ventanas para que entraran los gorriones y él sonreía mirándolos».

No hay compensaciones porque no hay equilibrio en la dramaturgia de Marcial: la balanza se inclina siempre hacia la depravación y la maldad. La narración llega en estos casos a una frontera que los personajes violan con lágrimas, indiferencia u homicidios, en sucesivos círculos que se alternan sin que el lector pueda adivinar la pausa del vértigo, de la risa o del desenlace.

Lograr partir de una anécdota y explotar al máximo lo contado lleva a Marcial a transgredir lo real, a no fijarse límites racionales al contar las acciones de sus personajes; esto, unido a la aparición de lo insólito de manera natural y sin previo aviso, crea un dilema en el lector que puede sorprenderse, reír o dudar al mismo tiempo. En un cuento con un título premonitorio como «Tres meses antes de la muerte de Pilar», la protagonista se deja seducir en la playa por alguien que dice ser el intérprete del actor Jack Nicholson de visita en Cuba, a quien, hacia el final del cuento, se describe durmiendo en una habitación de hotel.

La entrada de lo que pudiéramos llamar fantástico en narraciones que aparentan por sus códigos ser en un inicio realistas se realiza por la ambición (como extremo del deseo) de incorporar sorpresivamente al relato, y al mismo tiempo, supersticiones populares cubanas, íconos como Jack Nicholson y referencias o personajes de la cultura universal, que intervienen con naturalidad en la vida cotidiana de personajes contemporáneos al autor.

Marcial, en un gesto más provocador que estético, ha titulado con tremendismo su trilogía de novelas: *Cienfuegos capital del mundo*.

II.

Conocí a Marcial Gala gracias a Jorge Luis Borges. Yo dirigía el departamento de literatura de la Biblioteca Provincial de Cienfuegos cuando, una tarde, el entonces director de la biblioteca entró sudado y airado a la sala para denunciar, con grandes gestos de sus manos y una voz engolada, a un usuario llamado Marcial Gala por no haber devuelto, desde hacía varias semanas, el único ejemplar de las *Obras Completas* de Borges.

Como Borges murió en 1986 y la escena que cuento sucedió en 1990, se supone que ya en Cuba estaba permitido mencionar su nombre, durante décadas silenciado. En la Casa de las Américas Retamar había presentado la edición de una antología de Borges en una tarde irreal en la que, en un gesto borgeano, citaba anécdotas de su visita al apartamento del escritor en Buenos Aires con carácter retrospectivo: el censor esperó su muerte para volver del pasado con una flor del célebre escritor.

Marcial entró a la biblioteca con el libro de Borges en las manos no como una flor, sino como una deuda. No el libro desenterrado por Retamar sino el verde editado por Emecé. Me dijo que escribía y no sé cómo me las arreglé para que el sudoroso jefe lo perdonara y Marcial volviera sin contratiempos cada día a leer al lugar donde ha escrito casi todos sus libros.

Poco después de conocernos Marcial se disponía a publicar su primer libro, *Enemigo de los ángeles*, en la editorial local Mecenas, y me pidió que le escribiera un prólogo. Así lo hice respetando una norma que en mí no ha cambiado: que fuera breve, apenas dos páginas. A Marcial le gustó tanto el texto que no sólo lo leímos varias veces, sino que nos reíamos de la provocadora exageración de sus dones de escritor, que yo describía citando fuentes supuestamente cultas para molestar un poco el provincianismo ambiente.

Él vivía en las afueras de Cienfuegos y yo en un albergue en ruinas cerca de un poblado llamado Caonao, pero teníamos la costumbre de ponernos de acuerdo para ir a comprar lo que encontráramos de comer por el centro de la ciudad, antes o después de que yo comenzara mi trabajo en la biblioteca. Fue así como un atardecer en el cual habíamos dado con una cafetería donde podíamos comer algo, y justo en el momento en que yo tragaba un boniato, Marcial, algo taciturno, me comunicó la noticia: le habían aconsejado que su libro saliera sin mi prólogo.

Aunque me atraganté con el boniato y casi me asfixio (Marcial me dio varios manotazos en la caja torácica más o menos con la misma frecuencia con que palmeó sus hombros un funcionario local para erradicar mi prólogo) entendí lo que quería decirme, porque yo había pasado ya una noche preso por la Seguridad del Estado, y comenzaba a ser *persona non grata* en ciertos círculos culturales de la ciudad. Le dije que no se preocupara: «Lo importante es que tú publiques tu primer libro y no mi prólogo», tosí y engullí al fin el boniato y con él mi prólogo, ayudado, eso sí, por un vaso de agua.

No mencionar nunca más esta experiencia no sólo salvó nuestra amistad, sino que protegía su libro y alejaba su persona de esas invisibles zonas de turbulencia que pueden provocar la muerte civil de cualquier escritor en Cuba.

Marcial y yo desde el principio hablamos de libros, de mujeres y del mundo. Es justo reconocer que a Marcial le encantaban mis novias y a mí sus cuentos. Pero siempre terminábamos hablando del más allá, es decir, del mundo. Él entraba a la sala de literatura y si yo estaba ocupado atendiendo a alguien se sentaba a hojear una enciclopedia para esperar a que yo terminara. Como Marcial sospechaba que los dioses no me habían dotado del mismo poder de resistencia que a él para soportar vivir en Cuba con su providencial indiferencia, retomábamos cada vez el tema de otros países, otros escritores, otros paisajes y climas que nos refrescaran el agobio del calor y la forzada disciplina de no tener qué comer.

Si la memoria no me traiciona, a Marcial le fascinaban el renacimiento italiano y Francia, aunque su descubrimiento de aquella época era Faulkner, que le daría un punto de vista y una libertad para la composición a los que sigue siendo fiel hasta ahora.

–Éste es mi papá en la torre Eiffel –me dijo un día Marcial, mostrándome una foto donde aparecía un hombre mulato con la silueta detrás del célebre monumento parisino. Ese día, supongo, hablamos de París, sin sospechar que tiempo después yo pasaría casi a diario frente a esa misma torre.

Un día en París alguien me trajo desde Cienfuegos un libro suyo. Se trataba de la novela *Sentada en su verde limón*. En el libro se cuenta la historia del saxofonista Harris, que después de haber sido célebre en el mundo entero termina en Cienfuegos, «tocando en un bar de mala muerte para un público constituido en mayor parte por aficionados de los más diversos países» que acuden a la ciudad para escucharlo. Cienfuegos deviene así, gracias a un drogadicto norteamericano, capital turística del mundo del jazz. A Harris le gusta leerle las cartas que le había enviado John Lennon –con quien compartía el saxofonista, entre otras cosas, la aversión por los fantasmas– a Kirenia, su musa de la vejez, que aspira a ser poeta y termina suicidándose, y al pintor Ricardo, el narrador de la historia. A estos tres personajes los reúne el mismo sombrío círculo vicioso de la frustración, que se atenúa en breves pausas con drogas de todo tipo.

He leído varias veces la novela. Su estructura y la historia son intencionalmente caóticas, y todo caos obliga a la relectura. Uno se pierde un poco en tanto laberinto. He comentado la novela con Marcial. Y paseando ahora con él por esos lugares que describe, como el paseo del Prado o el café El Palatino, he llegado a pensar que en ese intento por inscribir a Cienfuegos en el mapa del mundo Marcial aprovechó para hacerse un exorcismo de años de peregrinaje callejero. Lejos de intentar recrear de manera realista las vivencias de ciertos arquetipos de personajes marginales, Marcial modela la anécdota con asociaciones en las que aparecen sueños, cartas y confesiones, y la constante evocación a un mundo que sirve como ficticia referencia de escape y consuelo.

De esos peregrinajes Marcial ha traído un repertorio de personajes, ha supuesto sus destinos circulares, y ha reproducido de ellos también el habla. Tanto en la descripción de cada situación como en la intervención del narrador o en los diálogos aparece el argot callejero en toda su intensidad. Si por momentos la estructura de la historia parece descosida, es por la intención de hacer más inmediato lo que se lee: Marcial no pule el lenguaje, aunque sí la sintaxis. Sus frases insertadas se leen como violentos cortes sin que se detecte un artificio.

Arquitecto de formación, Marcial recrea en *La catedral de los negros*, la segunda novela de su trilogía, la inusitada idea de la construcción de una catedral evangelista en Punta Gótica, un barrio marginal de Cienfuegos. Una catedral que siga el modelo de la iglesia del Santo Sacramento de Oklahoma. Apoyado en otra tríada de personajes (Berta, El Gringo y Prince), el libro cuenta la llegada de una familia de negros evangelistas desde la ciudad de Camagüey y su instalación en ese barrio cienfueguero.

A uno lo asalta entonces la pregunta, ¿qué pretende Marcial con esta novela? Dos ideas me vienen a la mente: lo imposible y lo interrumpido, lo insólito y lo inacabado. O la manera en que está condenado al fracaso en nuestros tiempos un monumento que en otra época fuera el símbolo de una espiritualidad colectiva, de una forma de presencia humana en la naturaleza, como fue el caso de las catedrales, debido a la degradación del espíritu humano.

Marcial en este caso proyecta incorporar la ciudad al centro del mundo a través de la metáfora de una torre gigantesca construida por religiosos afrocubanos. Si por una parte la conocida frase de José Lezama Lima que sirve de epígrafe al libro –«Cuba tiene sus catedrales en el futuro»– sugiere una posibilidad postergada de realización, en el libro de Marcial la empresa aparece como una ilusión de antemano descabellada.

Además del título, lo que más sorprende al lector de *La catedral de los negros* es su forma. Esa es la más curiosa ganancia de la novela. El libro se lee como las sucesivas respuestas de los personajes a un interrogatorio realizado por un sujeto que podría ser el propio lector. Una especie de novela a dos manos, como especula querer escribir un personaje (Araceli) con su amante (Berta). Al tiempo que se lee se organiza la narración que el escritor se ocuparía sólo de transcribir. De esta manera cada personaje cuenta su propia vivencia y su versión de los hechos, mientras que otra parte de su presencia en la historia se completa por los otros testimonios o monólogos.

A partir de este coro de voces se modela el argumento: la familia de un pastor evangelista llega al barrio, sus tres hijos provocan reacciones diversas en la comunidad. Uno logra integrarse al caos, la chica antes de ser una célebre pintora en Italia deviene musa de El Gringo, el homicida de la novela que hace fortuna vendiendo la carne de sus víctimas antes de escapar a los Estados Unidos y morir por inyección letal, y el otro, Prince, el poeta maldito, sólo interviene en las últimas páginas cuando ya el lector está al tanto de su parricidio.

Un fragmento de la novela elegido para su promoción ilustra bien el tono del libro:

El 27 de febrero del 2007, empezó el aparecido a atormentarme. La primera vez que lo vi, sentado en la entrada de la cuartería miraba hacia delante muy concentrado, como si esperara algo. Supe que estaba muerto porque tenía los ojos en blanco y estaba desnudo. Eran casi las seis de la tarde, hora en la cual los muchachos juegan futbol y la calle está llena de adultos que regresan del trabajo o van a sus negocios. Nadie se daba cuenta. Sólo yo lo percibí, muy fuerte de cuerpo, tenía tatuado un escorpión en el hombro derecho y una serpiente alrededor del ombligo, era alto y hubiera sido bonito si una herida de bordes abiertos no le cruzara el cuello de un lado a otro. Se señaló la herida con el índice de la mano derecha y los ojos llenos de lágrimas. Yo eché a correr.

Ese día no comí.

—Se me apareció un muerto en cueros —le dije a mi madre.

—Tú siempre con tus bromas —dijo ella— deberías meterte a humorista.

—En serio.

—Pues tráelo para que cocine, tú no sabes hacer nada y yo ya estoy cansada de la peste a manteca.

Marcial ha dicho en alguna ocasión que su libro es una novela sobre el mal. En otra, que se trata de narrar la iniciación literaria de un joven, Prince. Ambas intenciones se cruzan y se tocan, al igual que el eclecticismo de las religiones: la católica, la evangelista y los cultos afrocubanos. Más que de la *beat generation*, a la que se puede asociar el lenguaje y ciertos ambientes de su escritura, la imaginación literaria de Marcial debe mucho a muchas libertades de la perspectiva estilística de Faulkner. Pero Marcial no se apropia de esas libertades para celebrar el festín de una realidad tan exuberante que ha perdido, por demasiado ingenua, su atractivo con el tiempo, como es el caso del realismo mágico. A él le interesa que trascienda en el relato la percepción simple de una primera capa, es decir, el subconsciente colectivo de una cultura y de sus comportamientos.

Subyace, sin dudas, en su proyecto estético una doble lectura. Marcial sabe no sólo que la literatura no cambia la vida sino también que una escritura con un mínimo de honestidad y que se pretenda duradera no tiene ninguna validez si respeta ciertos límites. O peor aún, si recrea una faceta previsible de un imaginario como el cubano, desgastado por estereotipos que insisten en representar el lado exótico y supuestamente único de su cotidianidad.

En un breve ensayo dedicado a Chesterton, Borges trata de definir la forma que predominó en la escritura del inglés. Hacia el final del texto Borges cita dos parábolas. La primera es «Ante la ley», comentada por Kafka en *El proceso*. Un hombre pide ser admitido por la ley y un guardián le dice que debe esperar ante una puerta advirtiéndole que existen muchas otras. El hombre moribundo y agotado de tanto esperar pregunta al guardián cómo es posible que durante tanto tiempo nadie haya intentado entrar, y el guardián le responde que esa entrada era sólo para él pero que ahora tiene que cerrarla. La otra se encuentra en el célebre *Pilgrim's Progress* de John Bunyan. El guardián de un castillo custodiado por una multitud de guerreros sostiene en sus manos un libro para escribir el nombre de quien se atreva tomar el castillo. Un hombre le pide que anote su nombre y acto seguido se abre camino con su espada y logra entrar al castillo.

Borges termina escribiendo: «Chesterton dedicó su vida a escribir la segunda de las parábolas, pero algo en él propendió a escribir la primera». Conjeturo que a Marcial le ha ocurrido exactamente lo contrario.

La siesta de los dioses

I.

Salgo a caminar a medianoche mientras mi madre duerme. Permanezco antes un rato bajo el agua de la ducha. Desnudo y mojado me paro en el portal que da al jardín para respirar el aroma de las albahacas. Me visto y me pongo unas sandalias. Me agrada rencontrar esta ligereza de ropas después de un fastidioso invierno parisino.

Espero que los vecinos también se acuesten con las luces apagadas, que el calor del día obligue al reposo y a escuchar el cantar de los grillos entre las plantas de jardines silvestres, o de las ramas de los árboles iluminados por el cielo. Cada paso es doble, el de una sombra a tu lado y el tuyo entrando en la noche.

En París cuando pensaba en Cuba me veía caminando por sus noches. Al lado más bucólico de mi memoria le hubiera gustado verme en las playas, corriendo por la arena, entrando al agua cálida del atardecer. Pero no. Tratándose de Cuba, en el principio de cada una de mis evocaciones, aparece la noche.

Como en un desfile resplandecen en la espesura de la oscuridad los rostros y los cuerpos de otros que imagino buscan sin saberlo la misma explicación que yo por los sentidos. Al igual que en mis visiones de exilio no deambulo a solas tampoco esta noche. Pasan por la calle siluetas que caminan cabizbajas, miran al horizonte o a un firmamento desconocido. Vagabundean en zigzags estos fantasmas desalentados que van, vienen o simplemente giran aprovechando el momento de paz del frescor nocturno. Hombres, a veces mujeres; todos sombras. Quizás, me digo, son algunos de los que se han ido a otros mundos cuando yo estaba en Francia y me salen al paso a saludarme.

Trato de remediar así, caminando en la noche, esta especie de malentendido que tengo con la isla: como una piel o un soplido no puedo remediarme a abandonarla, como un enemigo no acepto sus dones ni me apiado de sus calamidades. A veces llego a condenar el destino del nacer que nos une a los dos hasta en mis más públicas identidades: «Soy cubano», esa respuesta incesante que provoca preguntas y respuestas que uno aprende a anticipar con malestar y resignación.

En La Habana me dejo ir por la avenida de Rancho Boyeros hacia la calle 23. Antes atravieso, por un costado, la Plaza de la Revolución. Centinelas furtivos me salen al paso detrás de las columnas de edificios públicos. Imagino la disciplinada soledad de esos militares nocturnos que por sus edades seguramente quisieran estar en otra parte a esas horas.

La Biblioteca Nacional está cerrada al público. Aunque lo sé no puedo dejar de venir una y otra vez hasta sus puertas. Una madrugada me acerco a la entrada y me pongo a conversar con el guardián. No sé por qué recuerdo a Reinaldo Arenas. No sé por qué me imagino que ese guardián es el propio Reinaldo Arenas, ahora portero reencarnado en el lugar donde tanto leyera y escribiera. Un intento de hablar con nuestros muertos preferidos.

Hasta me da por pensar en la permanencia de los lugares y los objetos más allá de la muerte de los hombres: por aquí caminó un día un tal, en este cenicero dejaba las cenizas de su tabaco, un más cual… No sabremos explicar la razón por la que nos vamos o morimos, pero los sitios y los objetos permanecen intactos o en ruinas, como si para bien o para mal no pudieran irse.

En Cienfuegos me deslizo por el Prado hasta el Malecón. Llego al final. Entro, incluso, en La Casa Verde, cuyos jardines son ahora un centro nocturno. Recorro las habitaciones, toco las teselas de los mosaicos de sus paredes para contarle al regreso a Darío. Me voy hasta el fondo donde permanece intacta la piscina natural junto a la cual atracaban los yates. Le digo a un *barman* que conozco al dueño del lugar: «Darío vive en París», le aclaro, y él me mira igual que se mira a un demente.

Pero esta madrugada camino por Santa Clara y mi madre está durmiendo como si yo no hubiera nacido todavía.

II.

La farola que ilumina la aureola del diminuto mausoleo deja ver también la silueta de una mujer apoyada a la baranda del Puente de la Cruz. Casi sin darme cuenta, guiado por la memoria de mi cuerpo adolescente, he seguido el camino que termina frente a la entrada del antiguo Hospital Psiquiátrico. He doblado a la derecha por la carretera de Camajuaní, con rumbo al centro de la ciudad, y pasando delante del monumento al tren blindado que rememora la presencia de tres días del Che Guevara en la ciudad, veo, en el otro extremo del Puente de la Cruz, justo a un lado de la escultura de la cruz que le da nombre, a una mujer que mira hacia el río con un vestido al parecer dorado.

(El probable hechizo romántico de la escena pierde todo su esplendor, aclaro, cuando se sabe del estado nauseabundo de las aguas de ese río Cubanicay: hay que ser irresponsable o no tener olfato para acercarse con candor, inspiración o fe, a esas aguas podridas por los residuos albañales).

Ella también me ve, supongo, porque se separa de la baranda, más por mi presencia que por el hedor del agua, y mira hacia esa parte espesa de la noche de donde yo voy saliendo, y desde la cual las farolas que no están rotas interrumpen por momentos la penumbra desde sus columnas estriadas. La acera es estrecha y ella está parada al lado de la farola que ilumina la cruz de piedra, en el sitio donde comienza el semicírculo de balaustres que protege el pedestal de la escultura. Es evidente que pasaré a unos centímetros de ella, por lo que deja de inclinarse sobre la baranda, gira, y se para de frente a mí, casi cortándome el paso.

–Todo el mundo me dice Ary… pero a mi mamá se le ocurrió llamarme Aretusa.

Creo que antes de esto le dije Buenas Noches, ella respondió, y le pedí disculpas por casi rozar su cuerpo antes de seguir mi camino. Me pidió fuego, y yo que únicamente fumo tabaco en París para complacer al estereotipo que tienen los franceses de un cubano, llevaba conmigo una fosforera con la efigie grabada de la torre Eiffel que ella pudo distinguir bajo la luz de la farola.

Parece que le caigo bien a Aretusa, o que al menos no le causo el temor lógico que inspirarían las circunstancias, porque con esa candidez que apresura los preámbulos me cuenta por qué está en esos parajes tan tarde en la noche. Su padre quiere que se case con un viejo español que cada vez que viene a Cuba cargado de regalos se dedica a cortejarla. Ha venido a estas horas a tirarle un tributo a Ochún, la Virgen de la Caridad, la diosa de los ríos, dice casi apenada. Trato de ponerla cómoda recordándole que yo soy cubano, y hasta le cito una anécdota que en ese instante me viene a la mente:

–Una madrugada en París me fui a acompañar a una amiga a tirar una brujería al Sena, justo detrás de la catedral de Notre Dame.

Por un momento la siento ausente. Deja de hablar y supongo que trata de situarse en ese más allá desconocido que en este instante se llama París. Ni por su cabeza le puede pasar a esta Aretusa de Santa Clara, por ejemplo, que sólo un loco o un despistado se le ocurriría sumergirse en las aguas del Sena, tan oscuras como las del Cubanicay.

La situación es para mí inconcebible. Nunca hubiera imaginado que alguien por las geografías de mi infancia convocaría un día a los dioses para quedarse en la isla. Aprendí con mi tía Mercedes y con mi madre que los dioses de Cuba viven en el monte, en el mar y en los ríos, y que es allí donde uno acude a ofrendar, rezar y pedir, pero aun así no salgo de mi asombro. Es ella ahora quien trata de calmar mi desconcierto: «No sé si quisiera vivir aquí toda la vida, pero de lo que si estoy segura es de que no quiero irme a vivir con alguien que no me gusta».

Aretusa fue bailarina y ahora es profesora en la escuela que, a unos metros de donde hablamos, ocupa el magnífico edificio restaurado que antes fuera el Hospital Psiquiátrico. Me dice que sabe de lo que habla pues una vez estuvo enamorada de un pintor que se fue a México y del cual no ha tenido nunca más noticias. No saber de su pintor errante le impide fingir para salir del país con el viejo, pienso yo, y más tarde tratar de unirse con el otro en alguna parte del mundo.

Lleva meses pidiéndole a cuanto dios exista en el panteón nacional, pero no ha podido quitarse de arriba ni a su padre ni al español. «Los dioses también mueren porque están hechos a semejanza de los hombres», se me ocurre decirle a Aretusa recordando un pasaje de *La rama dorada* de Frazer, y me provoca un sobresalto mi incómodo racionalismo. «Sí, pero los de aquí parecen que se fueron o están dormidos, yo nunca he tenido la más mínima señal de su existencia, ni para encontrar a mi pintor ni para poder huir ahora».

En la leve cortina de luz amarillenta (mezcla del humo del cigarro y de la luz del farol cortada por la sombra de la cruz de piedra) que caía sobre los hombros de Aretusa, pude percibir la lluvia. Comenzaba a llover como suele hacerlo de noche y en el verano tropical: de un golpe y con fuertes goterones. Sin tener lugar donde guarecernos, se apresuró la despedida. Anotamos, creo, en un papel las direcciones y los números de teléfono. Tomamos, en fin, rumbos diferentes al partir.

Debo haber errado mucho por la ciudad, porque si bien las imágenes de los lugares que recorrí antes de caer en el charco inundado de agua donde casi me ahogo son confusas, lo cierto es que cierta luz comenzaba a descender del cielo al acercarme al barrio de la casa de mi madre.

Sentía al deambular por la ciudad, ahora completamente vacía de transeúntes, voces que no se distinguían bajo el sonido de las ráfagas de agua. Coros de voces y, a la vez, de vez en cuando, una voz más grave que las otras que me advertía algo, que me ordenaba o se enaltecía mientras más caminaba sin rumbo dentro de la noche, como si yo estuviera obligado a cumplir con el regalo de una promesa.

Trataba de encontrar una explicación, sacudido por las trombas de agua, no sólo al encuentro y a mi conversación con Aretusa, sino también a su gesto de dejar en manos de dioses criollos la solución a sus problemas. Yo, que había crecido entre humos, yerbas y ofrendas a esos mismos dioses, me limité con el tiempo a dejar en un escondido rincón de mi apartamento en París muestras de palos mágicos y dos muñecas mestizas a las que a veces ponía flores. Quizás con la distancia y el tiempo de mi exilio, al igual que Aretusa, había comenzado a dudar de las virtudes de ciertos hechizos ante esa especie de muralla transparente que inmoviliza a la isla y la separa desde hace más de medio siglo del resto del mundo.

III.

Al caer en el hueco traté de chapolear y alcancé a dar dos o tres brazadas hasta llegar a la barrera de fango que formaba una rústica orilla. Haciendo gárgaras de agua lodosa, en un arrebato de orgullo inexplicable en medio de tanta zozobra, hasta alabé mis virtudes de nadador.

Cuando logré salir, con la impresión de estar despierto, vi alrededor mío que el aguacero había inundado las calles, las aceras, los jardines y los portales. Seguía sin verse un alma en los alrededores. A pesar de la niebla de agua, reconocí el lugar al escuchar el sonido de la bocina de un tren. Estaba por suerte a un lado de la línea de un crucero no lejos del otrora Hospital Psiquiátrico. En alguna de las tantas construcciones interrumpidas por aquellos arrabales, supongo, se habían olvidado de cubrir ese atascadero inundado no lejos de la acera.

Llego al fin a casa. Veo una luz encendida y supongo que Blanca, la vieja negra que cuida de mi madre, permanece despierta, cuando aparece la sombra de mi madre sentada en la cama rezando con un rosario en una mano y un tabaco en la otra:

—En esta isla los santos siempre están durmiendo —me dice al verme—, hay que sacudirlos para que se despierten.

Le respondo que he ido a dar una vuelta y me ha sorprendido una tempestad, cuando se percata que tengo la ropa empapada. Veo la bocanada de humo subir hasta el techo antes de escapar por alguna rendija de la ventana hacia el jardín, donde supongo se mezcle con la fragancia persistente de las albahacas.

Un olor a agua de colonia parece humedecer el espesor azuloso del humo en su cuarto. Preparo un café en la cocina. Me doy cuenta de que no he dormido en toda la noche, y que el rezo balbuceante desde la cama con un tabaco en la boca sólo se detendrá con la próxima llegada del amanecer.

Es entonces que busco en los bolsillos de mi short la fosforera para encender el tabaco apagado de mi madre: «Ya ni esto sirve en este país», balbucea con evidente fastidio, «estos tabacos se apagan en un dos por tres y la ceniza se cae enseguida». Para mi extrañeza no es la fosforera lo que saco del bolsillo mojado, sino un grueso y húmedo palo de canela.

No puedo encender el tabaco y es evidente que he perdido mi fosforera. Afuera sigue lloviendo y el olor a albahaca mojada del jardín ha terminado por ocupar toda la casa. Lo siento también cuando, agotado por la somnolencia, y al tiempo que busco una explicación a ese palo de canela que sigo cerrando en una mano, me quedo dormido en el sillón del portal.

La niebla de Atenea me rodea

Pietro Citati en la cuarta parte de su libro *Ulises y la Odisea* interpreta el regreso de Ulises a Ítaca. Atenea, explica Citati, cubre de niebla los paisajes y las calles para que Ulises no sea identificado y a la vez para que él no pueda reconocer su cambiada patria: lo más amado es lo más extraño. Los dioses son crueles, añade Citati, antes de parafrasear una idea de Esquilo sobre la necesidad del sufrimiento como una nueva conciencia.

A medida que pasan los días se espesa ante mí la misma niebla que me impidió ubicar el lugar exacto en La Habana de la estatua a Lennon, y me hace pasear invisible por lugares donde rara vez soy reconocido. Dudo en contemplar con mutua alegría a algunas personas que, satisfechas, muestran ciertas recompensas en pago a una obstinación para la cual se necesita una fe que yo no creo merecer. Las personas que no se han ido, en su mayoría, se han adaptado, sin darse cuenta, a la decrepitud. Los menos han aprendido a nadar en esas aguas de la costumbre sin compararse con otras orillas.

Me reconforta la alegría ajena de los amigos, pero aquí es raro sentirse exaltado por esas victorias del espíritu.

Tengo suerte ser amigo de Asbel, un pintor que con un personal expresionismo lírico invita a pensar, a quien mire sus cuadros, en las secuelas provocadas en el alma por los excesos de un disciplinado y masivo colectivismo. Ningún personaje u objeto se salva de la promiscuidad de los paisajes urbanos pintados por Asbel. Uno no sabe si reír o maldecir ante la proliferación de sudorosas multitudes, de insectos y de ojos, hacinados, que pueblan y revolotean en un colorido caos cada una de sus telas.

Me muestra feliz Asbel la edición trilingüe de un libro sobre él editado en Italia, donde expone con éxito sus cuadros. Algo único aquí, supongo, triunfar más allá del horizonte de la isla sin tener que militar en esas organizaciones oficiales de artistas que regulan los resultados de una obediente imaginación. Me lleva a pasear Asbel en su minúsculo Fiat polaco por La Habana. Me habla, reluciente, de sus hijas y de su casa en las afueras donde, gracias a un astuto y generoso *marchand* de Milán, puede pasar sus días pintando esos melancólicos personajes deformados que tratan de conservar intactos sus aspiraciones, al tiempo que se abren camino, a empujones, entre hileras de pícaros vagabundos.

Veo en el Vedado a Milene, una de las musas ideales de mi vida. No puede imaginar que en París cuando escribo lo hago mirando la madera, pintada por ella, sobre la cual una muchacha, rodeada de pájaros, espera que alguien llegue. No se lo digo y dudo lo sospeche. Han pasado veinte años de la época de nuestras excursiones alcoholizadas al centro de Cuba, en las montañas de Topes de Collantes.

Se pinta ella misma Milene sin saberlo, y ha terminado siendo esa muchacha que se resiste a emigrar porque, confiesa: «Aquí poseo una luz que no existe en otra parte». No ha viajado mi amiga, pero ha expuesto en Canadá y su hermana vive en Francia. «Me voy al mar con mi hijo por las tardes», me cuenta en un restaurante del Vedado, adonde hemos venido desde el parque del Quijote de 23. Cerca de la playa se ha comprado un apartamento con el dinero de sus cuadros, y no me sorprende que a su manera sea feliz en su luminoso trópico, mirando al mar, Milene, la muchacha de sus cuadros, revoloteando al igual que sus inquietos gorriones.

Bertha quiere darme cita en el parque Vidal de Santa Clara. Ha sido arduo esto de comunicarme con ella. No tiene teléfono en casa. No mira su correo electrónico. La he encontrado gracias al escritor Noel Castillo, que estudió Letras con nosotros en la Universidad Central. «Enquidu hermano mío» es la contraseña de saludo entre ella y yo, en alusión a la Epopeya de Gilgamesh.

Nos sentábamos juntos en el aula, formábamos un dúo impar de apasionados Bertha y yo. Juntos escribimos el primero de mis artículos. Fue sobre Eliseo Diego y el poemario *Las maravillas de Boloña*. Bertha ha ido publicando su poesía, «en las antípodas de la tuya», me aclara, porque se ha leído el libro mío que le he enviado, con el regalo además de un poema dedicado a ella titulado «Las costas de Francia».

Parece serena Bertha. Consagrada a su hijo y a tejer y rezar –más que a escribir– poemas aquí insólitos por su sensibilidad, hasta ir formando varios libros. Tampoco sabe ella que le debo mucho y por eso he venido a verla. Que conocerla a mis veinte años fue la primera prueba de tener ante mí a alguien para quien la literatura, para bien o para mal de toda evidencia, era un destino.

II.

Muchas veces, al despertarme en la noche por el calor o la diferencia de horarios, me vienen a la mente conversaciones con amigos muertos en el exilio. Me parece que pueden escucharme si les hablo o les muestro lo que veo. Miro al techo. Me levanto y bebo un vaso de agua fría. Cambio de velocidad al ventilador que mi mamá ha podido comprarse con los dólares de Miami y mis euros de Francia. Me mezo en el sillón de la sala. Abro de par en par las ventanas que dan al jardín sin encender las luces que puedan alarmar a estas horas a mi madre.

Estar aquí es la injusta recompensa de ocupar por unos días el lugar que a ellos les fue negado. Los que murieron lejos. Mis más hermosos muertos: la Dra Martha Frayde, la pintora Gina Pellón, el escritor Juan Arcocha. Mi secreta familia adoptada en el destierro, cuando en lugar de tus padres y de tus amigos de infancia son nuevos conocidos quienes te escuchan y te guían. Es a ellos a quienes acudes porque han vivido ya lo que tú vives, dos veces, en Cuba y en el exilio. Están de vuelta con el dolor callado de las agonías pero también con la exaltación de haber ganado, porque los tres a quienes más recuerdo y me acompañan lograron triunfar en el destierro sin dejar de ser, sobre todo, cubanos.

Siempre me asombró en estos amigos la certeza de que, a pesar de todos los infortunios vividos por Cuba y de la degradación que esto ha provocado en sus ciudadanos, había que insistir en salvar algo que para ellos era el alma de la nación. Y me asombraba tanta fe porque yo llevaba conmigo la peor de las versiones, la del fugitivo que, al principio, niega con vehemencia toda salvación y todo regreso.

Me pregunto cuál sería la reacción de ellos ante esta Habana tan distante de la que dejaron atrás en los años sesenta y de la que creyeron encontrar a la vuelta que no se produjo. Porque todo el que se va de su país se abandona a la vaga idea de regresar algún día a cerrar el paréntesis que abre la partida.

Una de las crueldades mayores de la llamada Revolución cubana es haber engendrado, por su extensión temporal y sus prohibiciones ciegas, un ejército de errantes a los que la Historia les negó hasta el derecho a ser Ulises. El ostracismo, sin embargo, los ayudó a triunfar. Esa es la recompensa para el espíritu de ser negado por el tirano: uno se abre paso sin mirar atrás, uno no corre el riesgo de convertirse en una estatua de sal, porque a lo lejos y hacia adelante sólo puede hallarse la salida de un túnel.

En algún momento de mi vagabundeo por el Vedado recuerdo a Martha Frayde. Me pregunto qué será ahora de la casona donde viviera ella antes de ser encarcelada por conspirar contra Fidel Castro, el otrora amigo que la nombrara embajadora de Cuba en la UNESCO mucho antes, claro, de manifestarle ella su descontento ante el engendro que devino la Revolución.

En su libro de memorias *Écoute Fidel* Martha habla mucho de esa casa, donde guardaba una extraordinaria colección de los más grandes pintores cubanos. La misma colección que, gracias a amigos de la embajada de Canadá en La Habana, había logrado sacar de Cuba y que yo tuve la oportunidad de admirar cada vez que la visitaba en su casa de Madrid.

Sentado en un banco del Prado de Cienfuegos me acuerdo de la pintora Gina Pellón, que en París, y en todas partes donde triunfara con su pintura, afirmaba ser cubana y guajira de un campo cienfueguero. Esa rara sensación de contemplar y recorrer Cuba en lugar de otros que fueron mis maestros de cubanía en el exilio limita, como la presencia de las ruinas y la permanencia de la dictadura, cualquier hipotético regocijo por el regreso.

–No sé, Armando, si alquilar o comprar cuando volvamos a La Habana.

Ésta era la más inesperada de las preocupaciones de mi amigo Juan Arcocha, durante nuestras conversaciones dominicales en su espléndido apartamento parisino. Después de beber el primer vaso de whisky (él con dos cubos de hielo, con tres el mío, porque le fascinaba perpetuar los detalles), Juan comenzaba a organizar nuestra vuelta a La Habana. «A lo que más le temo es a las picadas», repetía con una dicción que enfatizaba con deleite y lentitud la pronunciación de las consonantes.

A Juan le encantaba ponerse al día con chismes de Cuba y de los cubanos actuales. Le parecían tan estrambóticos los comportamientos de esos lejanos compatriotas que ya, de antemano, tomaba medidas de precaución para protegerse de ciertas conductas de los incivilizados, como él los llamaba.

Conociéndolo bien, a mí me encantaba exagerar lo narrado en las anécdotas, claro, y enfatizar lo del dinero porque, si en algo era extremadamente precavido Juan, era en el control de sus finanzas, lo cual, me explicaba, le había permitido vivir con holgura la mayor parte de su vida y de su vejez.

La verdad es que no era difícil convencerlo de algunos comportamientos de cubanos recién llegados, porque teníamos a mano en París unos cuantos ejemplares de impostores y estafadores de los cuales él ya había sido, para su ira, una víctima.

Volver a Cuba se convirtió en sus últimos días en una obsesión para Juan. Tal vez porque, ya gravemente enfermo, veía acercarse el final de su vida sin haber podido regresar. Verlo terminar su vida con esa fallida aspiración me hizo reflexionar sobre la manera en que yo viviría mi vejez lejos de Cuba. Por eso, ahora que he vuelto a despedirme de mi madre, no puedo dejar de pensar en el amigo que nunca más pudo sentarse a ver el amanecer de una Habana que adoraba.

Las mañanas que siguen al regreso de G a París decido irme solo a desayunar, muy temprano, a una terraza con vista al mar del Hotel Nacional. A mi manera le dedico un homenaje a Juan Arcocha al mirar despertar la luz de La Habana. Pido un jugo de naranjas, un café con leche y después un expreso (sin azúcar, preferencia esa que compartíamos los dos), y saboreo unas tostadas con mantequilla imaginando que, allí desde donde él me mira, comparte junto a mí este momento que el destino no le permitió celebrar.

III.

Los sitios permanecen pero están transformados en otras cosas o al abandono. En las estaciones de trenes de La Habana y de

Santa Clara, donde pernocté noches enteras a la espera de un boleto de ida o vuelta, ya no hay trenes ni listas de espera, ni aspirantes a viajeros. Los locales parecen ruinosos museos sin puertas ni guardianes; abiertos a mendigos, perros callejeros y curiosos interesados por ese tipo de desolaciones.

Compruebo con agrado que se puede viajar ahora cómodamente en autobuses chinos si tienes divisas. Pero no tengo la suficiente osadía, claro, de ir a probar de qué manera viajan los que pagan en pesos nacionales sus pasajes en viejos autobuses.

Acepto que al regresar a su lugar de origen un inmigrante, un desterrado, un exilado –o como se quiera llamar a quien se va a otra geografía para salir adelante– encuentre las cosas cambiadas. Lo que no creo rutinario es que el cambio se manifieste por la devastación y la ausencia total de signos de progreso, como ocurre en Cuba.

Uno tiene la impresión de que en esta isla el tiempo transcurre hacia atrás, y en ese paso –a todas luces, arrollador– se empeña además en destrozar los vestigios del propio pasado hacia el que se encamina. Excepto, supongo, los hoteles de turismo construidos para europeos por europeos, que se apresuran a la llegada de empresarios norteamericanos, ninguna prueba material de prosperidad le sale al paso al turista nativo en su retorno.

Al llegar a Santa Clara me apresuro a ir al Campo de Sport, el templo de mi cuerpo adolescente. Tenía once años la primera vez que pasé el pórtico de estas arenas, que me vieron crecer hasta el final de mis años de universidad. Aquí di cita después de correr varios kilómetros por día a todas mis novias, y sin darme cuenta aprendí a soportar ciertos rigores que me ayudarían contra adversidades que me esperaban en edades bien distantes de mi ingenuidad de entonces.

Es por eso que durante años de exilio he soñado con este momento, que imagino el bautizo real de mi regreso.

Me encuentro con la pista de atletismo invisible bajo la hierba, y con un desamparo corrosivo en cada una de sus instalaciones. Han inaugurado en la entrada, eso sí, un breve bosque donde plantan un árbol antiguos atletas. Un día, me digo, vendré a reclamar como un futuro viejo nostálgico el derecho a poner mi nombre en uno de ellos. El foso que construimos mis amigos y yo para los 3 000 metros *steeple* está seco y la barra de madera del obstáculo deshecha; sobreviven las agrietadas capas de cemento en el fondo, sin agua y con tornillos oxidados por doquier, como un mausoleo a la indolencia.

La caseta que fungía de oficina y en la cual colgábamos nuestras medallas y trofeos al regreso de cada competición parece ahora un granero de trastos donde alguien hubiera instalado un supuesto gimnasio: restos de instrumentos otrora de halterofilia se dispersan en medio del asfixiante calor local. Una pared inútil y desteñida cierra el paso al terreno de baloncesto, que subsiste sin cestas ni canastas.

Hace unos meses ha muerto Abelardo Montiel, otro de mis padres regalo de la providencia, el exigente maestro que me hiciera creer que los dioses pueden pasearse con modestia humana por la tierra, y con él (imagino yo, que no llegué a tiempo para decirle adiós) desaparece el lugar donde él entrenara para la vida y el deporte a decenas de atletas.

Durante los días de estancia en la ciudad acudo al Campo de Sport también a hablar con desconocidos que ahora trabajan allí, con paseantes erráticos a quienes pregunto por nombres de amigos que mi memoria dejó dando vueltas a esa pista a la deriva. Cada vez me examinan mientras hablo. Me responden no saber. Y me largo para volver una y otra vez, como si fuera el insistente detective de anticuados fantasmas.

Para hacer al fin las paces con mi memoria afectiva, consigo localizar al amigo Alexis Roque, que ahora entrena al atleta que correría por Cuba los 800 metros en los Juegos Olímpicos de Londres. Corremos juntos algunas tardes en lo que va quedando del otrora Campo de Sport, uno al lado del otro, como antes, cuando él era uno de los mejores corredores de fondo de la isla.

Paso días hablando en casa de mi madre con Edel Oliva, que todavía tiene el record de Cuba en los 50 kilómetros de marcha. Conocerlo es para mí un discreto orgullo que no olvido. Tal vez, me digo, porque Edel logró en el deporte, con natural indiferencia, lo que el deportista malogrado que fui hubiera querido alcanzar. Mi hermano Edel, más preocupado que yo mismo por no olvidar de asistir en lo que pueda a mi madre. Capaz de volver una vez de la Copa del mundo de marcha en Nueva York, y ante mi asombro, venir a buscarme a casa para irnos a bañar a un río.

Ahora tiene la nacionalidad española Edel, entra y sale de Cuba cuando quiere. Trabaja un tiempo afuera y vuelve porque no puede estar mucho tiempo lejos de su hija Amanda. Nos ponemos de acuerdo y le dejo antes de irme a Francia la tarea, con el consentimiento de la viuda y de su hijo, de poner una tarja a la memoria de Abelardo Montiel en la puerta de su casa.

Me aseguran amigos que poco después de mi regreso a Francia se organizó un acto en memoria de mi entrenador Abelardo Montiel ante su casa. Acudieron mis antiguos compañeros de equipo, la familia y agradecidos vecinos de mi entrenador desaparecido. La radio local, cuentan, hasta elogió en una crónica el gesto de recordación de la placa develada para la ocasión en público: «testimonio de admiración y reconocimiento del pueblo trabajador y del gobierno provincial a un hijo insigne de la ciudad».

IV.

A lo largo de mi viaje los colores me parecen inapropiados en todas partes. Chillones los colores como si fueran de par con los acentos y el ruido. En el aeropuerto me duelen los ojos con la tintura color dulce guayaba de las paredes que relampaguean bajo las luces de neón o el sol.

La gente lleva ropa excesivamente ajustada a cuerpos muchas veces deformados por una gordura aquí casi incomprensible, ropa con motivos brillantes y tonalidades que contrastan sin armonía también por sus modelos dispares. «Vienen de Ecuador y del pulguero de Miami», me cuentan, las mandan o las traen otros cubanos que actúan como mercaderes de estos nuevos tiempos donde se sale y se entra con más facilidades que en mi época de balseros.

La comprensible fascinación ante cuanto objeto y aparato llegue de afuera, termina por interrumpir las conversaciones y agota la curiosidad de alguien a la espera de conocer cosas más esenciales. Siento a cada paso los gestos de decepción de ciertas personas que cruzo en mi camino, cuando ven el viejo modelo de teléfono móvil *Nokia* que llevo conmigo.

Sin embargo pierdo el teléfono en uno de mis viajes entre Santa Clara y La Habana y al volver a la estación me informan que lo ha encontrado un chofer y lo ha devuelto. Pongo un billete en un sobre para agradecer el gesto, y lo entrego de regalo en la administración de la terminal de Santa Clara. Semanas después, y ya en Francia, mi hija Ariane descubre que el chofer y su familia se han tomado fotos con el teléfono que después devolverán, como si la fascinación por algo que el gobierno les ha prohibido disfrutar durante tanto tiempo, sea, incluso, superior al deseo de poseerlo.

Aprendo durante mi viaje la existencia de una manera inusual de mirar, entre los cubanos, a la persona que viene del extranjero. Se trata de un rápido y gestual recorrido visual, de un examen que busca indicios de prosperidad económica en el recién llegado. Frustro de manera involuntaria a quienes al hablarme buscan en mí signos de victoria comunes a un emigrado: cadenas de oro, anillos, pulsos, relojes desproporcionados, etc. Me doy cuenta de que, viniendo de Europa, uno perturba mucho a quienes te escrutan a la búsqueda de esas baratijas compradas a crédito en una joyería del aeropuerto de Miami.

Por otra parte, la gente pronuncia frases que a veces no comprendo, me hago el tonto entonces (o lo soy a sus ojos) y asiento con la cabeza, o finjo una sonrisa. En el televisor de un ómnibus que me trae de un hotel en la costa norte se ve el show de un supuesto humorista que no me hace reír con sus sandeces que pretenden sugerir obscenidades. Las canciones de la radio parecen compradas en lata en un algún vulgar supermercado foráneo del reggaetón, y los nuevos cantantes nacionales que pasan por los altavoces se esfuerzan con estridencia en imitarlas.

Cuando me acerco extasiado o conmovido a un lugar para mí sagrado, me dejan solo los testigos que me ven o me escuchan, o se apresuran, esos sigilosos interlocutores largo rato mudos, a pedirme que les cuente algún detalle de ese más allá de donde vengo: qué jugadores ha comprado no sé cuál club de fútbol español, si puedo colgarles en *youtube* una canción grabada en casa, cuántos países conoces desde que te fuiste de aquí, si la santería cubana es popular en París, y así un cortejo de curiosidades imprevisibles cuyas respuestas muchas veces invento para no decepcionar.

V.

–¿Quién es el último en la cola para leer el periódico francés?

Esta pregunta, lanzada por un vecino a mi mamá en la sala de su casa, insólita si no se conoce el principio de la anécdota, requiere entonces una explicación.

En el equipaje traído de Francia he olvidado un ejemplar de *Le Monde* regalado a los viajeros por la compañía Air France. No sé cómo un vecino (de los que entran y salen sin aviso ni horarios de las casas ajenas en Cuba) lo vio y trató de leerlo, por supuesto, en vano. Me dispuse voluntario a traducirlo cuando lo supe. Traduje poco a poco los titulares y algunas noticias. Eso sí, tomando la precaución de escribir lo traducido con un lápiz para que pudiera ser borrada de inmediato en caso de urgencia por la denuncia de algún intruso que, por ignorancia o por lealtad a la policía política, denunciara la posesión de tal publicación extranjera.

Me entero poco después de que el periódico circulaba entre motivados lectores del barrio que comentan entre otras las noticias referentes a la guerra de Siria. Basta, me digo, mirar unos minutos los telediarios de la televisión oficial cubana para compadecer la ignorancia informativa de mis compatriotas, a quienes se les martilla el cerebro con mentiras y omisiones desde hace más de medio siglo.

Acostumbrados como están los cubanos a racionalizar los deseos y las carencias, mi madre, con ayuda de sus viejas amigas jubiladas, puso orden a la apetencia del vecindario por mi periódico francés. Sentada en su sillón de ruedas, distribuía todas las mañanas tickets con números a los aspirantes a lectores del estrujado ejemplar de *Le Monde*.

El éxito fue tal que, me han contado, hubo que nombrar a un responsable más joven para cronometrar el tiempo de lectura y evitar así constantes intervenciones airadas de quienes se quejaban por la demora del único ejemplar de periódico extranjero que habían podido ver en sus vidas.

Mi madre –que seguiría viendo por todas partes, y hasta el final de sus días, a peligrosos chivatos disfrazados–, le pidió a los vecinos, al volver yo a Francia, que no le devolvieran más el periódico para evitarse problemas con el gobierno en caso de un comprometedor registro de la policía, que podría considerar la publicación, en un idioma para ellos incomprensible, como propaganda enemiga a favor del capitalismo foráneo.

Pero no fue necesario eliminar la prueba de la colectiva lectura subversiva. En un arrebato de furor, una multitud de frustrados lectores que se había dado cita a la puerta de casa de Pancha, al difundirse su deseo y en medio de gritos, dicen, ensordecedores, hizo jirones primero y prendió fuego después –por envidia al afortunado prójimo que sí había podido leerlo– al ejemplar del célebre diario galo.

VI.

Por todas partes se aglomeran decenas de vendedores ambulantes que proponen refrigerios y brebajes caseros por las mismas calles donde antes era casi secreto el pacto de poder comprar a escondidas algo de comer. Con ese descontento privado tan usual en los cubanos, a muchas personas parece molestarles que les comente –en parte porque lo creo, en parte para no sentirme incómodo– que ahora al menos tienen algo de comer en la calle.

Salen a mi paso precarios mercados y timbiriches que, es verdad, mi paladar se niega a evaluar, pero que a mis ojos alivian el mal peor del comunismo a la cubana: la falta sistemática de variedad en la comida. Pienso en esto ahora que he pasado del otro lado, pero mi memoria detenida en los años famélicos de mi partida aprueba y casi se entusiasma con tanto vendedor ambulante.

Me temo sin embargo que en algo cambiaron mis gustos culinarios, porque mi estómago ya no soporta platos y recetas que antes recuerdo haber degustado hasta con apetito. En una casa de familia me brindan ensalada fría y de tan solo ver la presentación de los ingredientes del plato alego un pretexto para no probarla. Ni siquiera la carne, cuando aparece, me resulta digerible por demasiado cocida. En el cumpleaños de mi madre me dan a probar el pastel hecho por un médico que ha perdido su trabajo. Mi madre me había prevenido:

—¡Ya verás que clase de dulcero es el médico del barrio!

Pensé que el eterno ruido ambiente me había hecho escuchar mal, pero no. Un doctor sin empleo por no sé cuál indisciplina ha devenido un reputado repostero... para ellos. Porque yo no puedo probar más allá de una primera mordida, mientras que G muestra su decisión con elegancia y firmeza: «Nadie me hace probar una cosa parecida».

Una tarde, sin embargo, tengo una revelación gustativa: en la panadería en divisas de la calle Obispo, poco antes de llegar a la Plaza de Armas, aparece ante mis ojos un matahambre, la versión canaria del masarreal, el dulce filipino preferido de mis meriendas escolares —por cierto, nunca he comprendido ese radical cambio de estatuto nominativo: de masa de la realeza en Asia, llegó a Cuba como mata-hambre... toda una malévola profecía.

G, desconcertada, no puede comprender que desde mi descubrimiento me esfuerce todos los días por desviar nuestro camino habanero hacia esa panadería con tal de comer ese tipo de postre desabrido y sin interés para su paladar francés:

—Cada cual con su merienda, G, yo no tuve *madeleine* sino matahambre.

VII.

Algunas veces la niebla de Atenea se despeja y rueda por tierra mi velo de incógnito. No sé si para mi alivio o mis inquietudes, me reconocen por momento algunas personas.

En una lectura de escritores jóvenes en La Habana Vieja, dos personas se me acercan. Es Orlando Luis Pardo Lazo quien les ha dicho quién soy. Sin comprender yo muy bien, me dan las gracias. Les he publicado sus cuentos en francés sin conocerlos, y no he olvidado hacerles llegar los 50 euros de derechos de autor. Me gustaron sus cuentos, les digo, por eso los puse en la antología.

En uno de mis vagabundeos por Santa Clara, al bajar hacia el ferrocarril, me tropiezo con Lorenzo Lunar, escritor de novelas policiales, sentado en su librería La piedra lunar. La sorpresa es mutua y el ambiente jovial. Rodeados de libros viejos nos ponemos a conversar y llega Francisco Rodríguez Alemán, Paquito, un vecino del barrio, que también me reconoce al instante.

Paquito, uno de los viejos profesores de la facultad de letras de la universidad de Santa Clara, me felicita por mi doctorado en la Sorbona, me invita a ser jurado de tesis, «aunque te hemos leído por acá y a veces eres demasiado crítico con nosotros», no puede contenerse de añadir. En estos casos, confieso, no comprendo muy bien el empleo de esa primera persona del plural a quien van, supuestamente, dirigidas las críticas de mis artículos.

Un día en el centro de Santa Clara voy caminando, discretamente, hacia El Mejunje, cuando alguien grita a mis espaldas:

—No puede ser que seas tú, Armando….¡si dejaron entrar a alguien como tú entonces es verdad que esto está cambiando!

Me viro y reconozco al escritor Alexis Castañeda. Pasó unos años preso Alexis por trabajar de periodista independiente y oponerse al gobierno. Me acuerdo bien esa época de apagones de luces y carteles antigubernamentales por toda la ciudad. En alguna ocasión, incluso, fungí yo de correo entre Alexis y el poeta Raúl Rivero, condenado en 2003 a veinte años de cárcel y ahora exilado en Madrid.

Aprovecho la ocasión para comentarle a Alexis que fui yo quien hizo las gestiones que permitieron se publicara un poema suyo en la

Revista Hispano Cubana de Madrid cuando estaba preso. Después de su asombro por ese detalle, que a todas luces desconocía, me da las gracias y pasamos a hablar de alguna que otra nadería local, hasta que se me ocurre pedirle noticias de su hermano Aramís.

Aramís estuvo mucho tiempo desesperado por irse de Cuba hasta que logró viajar a Nueva York. Después de un tiempo allí, y con un aplastante exceso de nostalgia, hizo lo indecible por ser repatriado a Cuba. Lo que ocurrió después fue todavía más inexplicable, porque Aramís, una vez instalado en Santa Clara, tomó de nuevo la decisión de largarse para no perder legalmente su residencia americana, y ahora vive definitivamente en Miami. Le cuento a su hermano que, según me han dicho, en Miami echa mucho de menos Santa Clara. Alexis me comenta algo, cuyos detalles olvido, sobre los vaivenes de su hermano. No obstante, mientras lo escucho, me doy cuenta de que ha cambiado también Alexis. Digamos que ha elegido un destino opuesto. Antes fue opositor a la dictadura, y ahora es promotor cultural en la ciudad y activo colaborador de publicaciones oficiales.

VIII.

Cuando va a especular sobre las predestinaciones de Ulises, en otro pasaje de su libro, Pietro Citati diserta sobre el carácter doble del destino homérico. Contrario a la idea de nuestra tradición moderna, que concibe al destino como un punto único y lineal donde se reúnen todos los azares, Homero prefiere sugerir que es posible elegir siempre entre dos eventualidades: «El destino es doble», escribe Citati sobre Homero. Pero se trata –aclara enseguida Citati– de un juego de los dioses, porque, al mismo tiempo, es único el destino, inflexible e inevitable como para los estoicos y Shakespeare.

Puedo llegar a comprender la decisión de quienes se quedaron en Cuba. De hecho no dejo de reconocer que me asombra hasta la impavidez ese meritorio coraje ajeno. A la vez, interpreto la agradable acogida que me dispensan todos a mi regreso como una sutil aprobación a mi destino elegido. Me reservo, sin embargo, el derecho de no saber imaginar qué hubiera podido hacer si el Diablo o la mala suerte me hubiesen condenado a vivir en esa isla para siempre.

Vidas ajenas que pudieron ser la mía

> Marco [Polo] entra en una ciudad; ve a alguien vivir en una plaza una vida o un instante que podrían ser suyos; en el lugar de aquel hombre ahora hubiera podido estar él si se hubiese detenido en el tiempo tanto tiempo antes, o bien si tanto tiempo antes, en una encrucijada, en vez de tomar por una calle hubiese tomado por la opuesta y después de una larga vuelta hubiese ido a encontrarse en el lugar de aquel hombre en aquella plaza. En adelante, de aquel pasado suyo verdadero e hipotético, él está excluido; no puede detenerse; debe continuar hasta otra ciudad donde lo espera otro pasado suyo, o algo que quizá había sido un posible futuro y ahora es el presente de algún otro. Los futuros no realizados son sólo ramas del pasado: ramas secas.
>
> Italo Calvino, *Las ciudades invisibles*

I. Ángel, el monitor de física

Al doblar una esquina, viniendo del Puente de la Cruz y justo antes de entrar al boulevard, el callejón peatonal más concurrido de Santa Clara, tropiezo frente a frente con Ángel el gordo. El mismo Ángel de mi aula en la secundaria básica de la Carretera de Sagua.

Por un instante dudo, pero sólo por un instante. Dudo que me reconozca pero al hacerlo, como yo, de inmediato, supongo que en el fondo yo tampoco he cambiado físicamente mucho, al menos para él. Que existo por alguna razón en su memoria como él en la mía. Sin dispersarme: hay cosas y gente cuyos recuerdos en uno no se explican ni siquiera con nuestras preferencias.

Está idéntico Ángel de gordo y ovalada cara de cachetes mofletudos, pero no viene solo. Supongo que pasea. En Santa Clara pasear es ir al centro, al Parque Vidal, y el boulevard está paralelo a esta plaza pública que en una época tuvo hasta una réplica de madera de la torre Eiffel.

Me doy cuenta que es domingo. Cuando uno viaja ésta es una de las simulaciones que consagran el rito del tiempo libre: no conocer los días, confundir las horas, dar la apariencia y creerse que no existe el orden, porque el orden es la repetición que nos hace igual a todos, es decir, ininteresantes.

Acompañan a Ángel su esposa y un niño de unos diez años que se apresura a presentarme como su hijo. «Éste era el mejor deportista de la escuela», le dice al niño. Hablamos así, de pie, unos minutos. Le pregunto qué hace. «Trabajo en la estación del ferrocarril», sonríe antes de lanzarme una de esas frases enigmáticas del argot cubano que nunca sé si es admirativa o una interrogante: «¡Imagínate!».

Ese *imagínate*, como el *ya tú sabes* o el *no es fácil*, supone por su vaguedad algo indefinido, que yo siempre he querido asociar con la censura, con el miedo asumido de criticar a la dictadura. O quizás exagero y no es miedo. Es una maniobra cómoda para no nombrar, más bien para no definir; si hay un lugar indefinido en la tierra, ese es Cuba.

Llega mi turno de responder y le aclaro el país donde vivo ahora: en Miami no, en Francia. No escucho el resto, observo, busco en el recuerdo.

Ángel era bueno en física, tan bueno que era el monitor del aula. Por alguna razón lo veo aún empapado en sudor con el uniforme mostaza de la secundaria, revisándome la tarea de física, o frente a su casa de madera, en la punta de una colina pedregosa de una calle sin asfaltar del Reparto Camacho. Pero estudió Filosofía Marxista Ángel, le pidieron ese esfuerzo a su vocación en nombre de la revolución, y ahora trabaja en una estación casi cerrada por el paso inexistente de trenes por sus vías.

Parece feliz o resignado Ángel, algo que aquí es la única manera de no enloquecer de monotonía, supongo yo. Aunque sé que es injusto esta manera mía de atribuirle a otros las angustias que provocaron un día mi fuga. Las mismas que ahora, del otro lado, con pasaporte francés de repuesto en el otro bolsillo, regresan de vez en cuando. Sólo de vez en cuando, porque si no hay contratiempos me vuelvo a escapar en unos días.

La manera en que me miran Ángel y su mujer (no el niño que me ignora, lo cual se comprende: no tengo una atractiva indumentaria de turista adinerado, ando en short y sandalias) es la misma de casi todos los que me miran desde que he vuelto, y no estaría dispuesta esa manera de mirar a escuchar lo que me gustaría contarles de mi exilio.

Ángel y su mujer, desde la precaria comodidad del que eligió quedarse, quisieran oírme hablar de viajes, de recompensas, de la procreación feliz de mi estirpe en otros niños ya franceses, de lugares y placeres a los que ellos han renunciado ante la realidad que los separa del mundo, es decir, de esa encarnación del mundo que en estos cinco minutos debo ser yo. Digo entonces lo que debo decir. Cuento cualquier cosa, menciono a mis hijos, y no sé cuántas boberías sobre las secuelas del último invierno, y menciono, claro, lejanas ciudades de paso para ellos invisibles.

Pero lo que me gustaría contarle a Ángel y a muchos otros es lo que él ignora en medio de esa abulia de siglos que no interrumpe ni el paso de los trenes. Lo que completa en apariencia su felicidad: no conocerá nunca las angustias del exilio; un cielo gris durante meses, el desamparo de buscar en otro idioma una palabra, aquella noche de navidad de 2003 en un abandonado apartamento sin muebles donde brindé conmigo mismo los siete años sin poder volver a Cuba.

Conoce otras zozobras, es verdad, Ángel. Hay que ser justo. Pero ésas ya no son zozobras para él –hablar con cuidado si critica al gobierno, la falta de agua caliente en la ducha, un perfume Chanel que le gustaría regarle a su esposa y que quizás haya visto en revistas que no circulan fácilmente en Cuba– sino carencias que de tan normales se han convertido en aceptadas, en costumbre de todos los días.

En medio de mis angustias de exilado, en cierta medida yo envidiaba una vida aburrida, incolora y sin historia, en una adormecida ciudad de provincias de una isla que flota con relojes diferentes al del resto del universo. Soy yo quien ha llegado a envidiar por miedo la vida de Ángel. La desidia protege, y me hubiera salvado de tantos infortunios en lugares que antes sólo conocía de las películas vistas en uno de los cuatro cines de la ciudad.

Me conmueve este Ángel que yo pude haber sido: obediente y sin sobresaltos. Tratando de explicarme por qué conserva un lugar en mi memoria, me doy cuenta que mi indolencia lo ha dejado tranquilo en el recuerdo ahí, en la misma ciudad donde termina en paz la vida de mi madre.

Lo veo alejarse por la acera estrecha de la calle Independencia de la mano de su hijo y de su esposa, bajando hacia el monumento al tren blindado y el antiguo Hospital Psiquiátrico después de atravesar el Puente de la Cruz. Sé lo que hará Ángel en unos minutos y esta tarde y mañana y, me temo, el resto de su vida. Caminará de vuelta un rato bajo el sol, pasará a pie la línea del ferrocarril hasta el desvío de la carretera de Malezas, y subirá a la colina empedrada donde vive todavía.

Hasta puede que el lunes, al volver a su oficina de la estación abandonada, oiga la sirena de una locomotora y vea pasar el único tren que viene de La Habana y lleva viajeros a Santiago de Cuba. Estoy seguro que contará a otros jugadores de dominó del barrio y a sus colegas de trabajo que ha visto el domingo a un amigo de infancia que ahora vive en Francia, y anda de viaje, de turista, feliz por ahí, por el mundo.

II. Una pareja feliz

Me he ido a correr a la pista del Campo de Sport de Santa Clara y de vuelta me pongo a conversar con un señor a quien un amigo le ha dicho que vengo de Francia. Me pregunta así, sin tener la certeza de ser yo: «Usted es el señor que vive en París, ¿no?».

Se llama Félix, es un negro alto y aparentemente fornido, aunque ya muestra las canas de una edad avanzada. Me viene a la mente un refrán cubano que reza: «Negro con canas envejece con ganas». Trabaja de sereno en una de esas empresas oxidadas de transporte de camiones soviéticos que parecen haber permanecido dormidas e inmóviles desde la época de mi infancia. Evoca las imágenes para él inalcanzables, Félix, de un programa que ha visto en la televisión: la torre Eiffel, los Campos Elíseos, los puentes y jardines del castillo de Versalles. Más que a través de su voz es en sus ojos donde creo distinguir la sencilla añoranza que busca la aprobación de alguien que tiene, según él, la suerte de poder tocar a diario esos paisajes.

Algo le digo para complacerle de lo que supone inalcanzable y maravilloso a la vez, es decir, le hablo de París. Como creo no volverlo a ver, no insisto, como hago de costumbre, sobre los rigores de la vida en una ciudad excesivamente cara e inundada de gente estresada y desagradable. Lo dejo allí, soñando con el testimonio de un parisino, que al ser de Santa Clara, pudo haber sido él. De todas formas no nos volveremos a ver.

Pero me equivoco y lo veo otro día y otro. Bajo ese sol implacable del mediodía, viene tirando de una carretilla repleta de trastos. Lleva una camiseta sudada y un sombrero Félix, pero me reconoce a pesar de la luz que a mí me encandila y me hace entrecerrar los ojos. «Es que no me alcanza el dinero de mi salario de sereno de la base de camiones, y me escapo a veces a hacer otros trabajos», me explica.

La tercera vez es la definitiva. Félix está en medio de una temprana penumbra balanceándose en un sillón junto a su esposa en la acera, esperando que vuelva la electricidad en la ciudad a oscuras. Casi tropezamos G y yo, de paseantes, con Félix que me reconoce, me presenta a su esposa y se queda atónito, supongo que por la presencia inesperada de G a mi lado: «Es mi mujer francesa», le aclaro, «ha llegado ayer de París». Y se apresuran a buscarnos dos sillas del interior de la casa para que nos quedemos a conversar.

Ellos, por supuesto, quieren escuchar testimonios de ultramar. Sobre todo ahora que descubren el español impecable de G y tienen delante un ejemplar original y no la copia de francés apócrifo que soy yo a sus ojos. Yo –y sospecho que G también – quiero que me hablen de ellos, de ese arte para mí ahora indescifrable de la sobrevida en la isla.

Como signo de buen gusto la conversación y las frases alternan sus sujetos: preguntas y respuestas saltan de un lado a otro.

Mi asombro y el asombro de G al escuchar detalles de sus vidas no están a la altura del asombro de la pareja. No por la ilusión del imaginario mundo tocado con sus manos, sino por lo contrario. A G le ha dado por contarles, así como si nada, nuestros trajines cotidianos en París: las horas de trabajo, el correcorre, y la suma de facturas por la casa y los impuestos.

A medida que avanza la narración va cambiando el semblante de Elena que se inclina, se inclina hacia delante, incrédula y curiosa, se abalanza con su sillón para acercarse a G como si estando tan cerca de su cara pudiera penetrar en ese mundo inexplicable de estrés y tensiones:

—Yo no sabía que eso era así —se le escapa—, qué cosa más grande ésa, aquí no es igual, la verdad…

Tiene razón Elena: ella ha estado a salvo de nuestras agonías, pero no haberlas conocido (ella no lo sospechará nunca) le ha impedido también la libertad de intentar cambiar su vida o de fracasar. Elena trabaja de secretaria en una empresa que al instante mi crueldad crítica supone anticuada, con la cadencia del bordoneo de las máquinas de escribir, el polvo acumulado en fotos desteñidas de héroes de la patria y las mímicas repetitivas de empleados de una película de Jerry Lewis.

Nos cuenta Elena que cada mediodía vuelve a casa para almorzar —ya no hay comedores obreros, aclara— y que termina de trabajar a eso de las cuatro de la tarde. Por la noche ven los dos algún programa de televisión —si hay electricidad, pienso yo— y los fines de semana hasta pueden que los lleven a la playa.

No comprendo eso de los viajes a la playa, y Félix y Elena me lo aclaran: «Si chico, la empresa mía, como es de transporte, a veces organiza viajes los domingos a la playa para los trabajadores. Mira, la semana que viene vamos a Rancho Luna».

Están vestidos los dos como muchas personas modestas en Cuba. Con ropa limpia pero a la vez inventada, hecha con algún retazo prehistórico de tela, retocada aquí, zurcida allá, pero pulcra. Ese es uno de los misterios de la pobreza cubana: su limpieza, casi su buen olor. Sonríen Elena y Félix, dejan ver a la luz de la luna quizás la única blancura que poseen a la luz natural que los ilumina: la de sus dientes.

Detrás de los dos se ven las maderas usadas de su casa. Pequeña y de tan inclinada a punto de caer, de lado, la casa. Tienen hijos, nos dicen, pero ya se han ido a hacer sus vidas. Con lo poco que me han dicho ellos y lo que sé de Cuba, imagino sus vidas desde la infancia que no debió estar lejos de la mía, y la vida de ahora. Gracias al resplandor de las luces de algún carro que pasa lo veo mejor, y me los imagino como en *Pilluelos*, ese cuadro intrigante de Juana Borrero.

En las vidas de Félix y Elena no han existido los más mínimos proyectos personales, me digo. Es la condena indirecta de ver pasar los años dictados por una Historia ajena. Parecen felices porque no han conocido otras latitudes ni les han dejado elegir. Porque hasta les han negado las zozobras simples de tratar de ser libres: tener que trabajar para pagar una casa, pero también para no tener que aceptar ir con un pelotón de colegas a la playa cuando lo decida una empresa. ¿Qué hubiera sido de ellos, me pregunto, si hubieran nacido en Estocolmo o en Sidney?

Días después, al pasar G y yo en un confortable autobús refrigerado que nos lleva a los cayos de la costa norte, vemos a Elena abriendo la puerta de su casa y suponemos que son las doce del mediodía. Antes de irme y por no tener tiempo, le envié a su casa a Félix y a Elena lo que me quedaba de esos regalos compasivos que uno lleva consigo cuando va de viaje a otro mundo: un llavero con la torre Eiffel, algún paquete de cuchillas de afeitar desechables, creo.

Tiempo después de mi regreso llamé a mi madre. Le pedí que, por favor, le llevara a Elena y a Félix algo del dinero que le había enviado. Fue entonces cuando tuve la noticia: Félix ha tenido un accidente cerebral, está en una silla de ruedas y nunca más volverá a caminar ni a hablar.

—Elena cuando vino a buscar el dinero —me cuenta ahora mi madre al teléfono—, me pidió que le diera las gracias por la ayuda a mi hijo de Francia.

Manolito me recuerda que un día lo salvamos A y yo de ahogarse en una piscina. Más bien A, con su parsimonia de discreta karateca devenida dentista, logró salvarle la vida al niño mascota de mi familia. Mi entretenimiento, adormecido por el sopor, no reaccionó ante la presencia de una silueta que cayó como una piedra rubia al fondo turbio de una piscina pública. A lo sacó por los pelos, y desde entonces él le ha quedado eternamente agradecido. A, ahora en Miami, con una monótona vida de marido e hijos, difícilmente memorice esa historia épica de salvavidas en una provincia cubana.

Mi madre Pancha cuidaba varios niños del barrio y lavaba ropa de vecinos cuando yo estudiaba letras en la universidad de Santa Clara. Uno de esos niños era Manolito, el más apegado, el que volvía a casa y llamaba Mamá a Pancha. Lo llevábamos de viaje a nuestras modestas vacaciones de verano a una casa prestada en el balneario La Boca, cerca de Trinidad.

Me doy cuenta, al recordarme él lo de la piscina y yo que fui quien le mostró por primera vez el mar en La Boca, que guardamos ambos una relación acuática. Una relación de imágenes acuosa que en el transcurso de mi estancia en Cuba se convertirá en interoceánica; para Manolito yo encarno el modelo de un triunfo deseado: «Cuando pienso en ti siempre me digo que lograste mi sueño de cruzar el charco», declara.

Lo veo y no lo reconozco, lo cual es natural. Pero me sorprende que en la imagen real que aparece ante mis ojos, este Manolito no corresponda en nada a lo que hubiera supuesto. Viste short y sandalias y tiene el pelo largo y atado en un moño que cae en sus espaldas. Conserva su piel lechosa tan vulnerable y exótica en el trópico que la cubre con mangas y pañuelos. Sigue siendo casi tan pequeño como en la época en que casi se ahoga, pero al caminar lo antecede esa ligera barriga que en Cuba se exhibe como muestra de prosperidad.

Me está esperando en la terminal de ómnibus de Santa Clara adonde he llegado desde La Habana. Camina a su lado un hombre que mi madre –pudiendo ser pretenciosa al final de su vida– llama su chofer particular. Un señor afable que después sabré tiene un cáncer en la garganta, antiguo funcionario diligente obligado en sus últimos años a alquilar su coche Lada, tan desvencijado como todo lo que se conserva del imperio soviético.

En los días que siguen sabré que Manolito no estudió, que trabajó de chofer un tiempo y ahora pinta y vende camisetas con la efigie del Che Guevara a ingenuos turistas que pululan por la ciudad alrededor de la tumba del fracasado guerrero argentino.

Cumplo con Manolito esos deberes habituales de un emigrante de vuelta: compro un paquete de cervezas, le regalo unas sandalias que le traje de Francia, lo invito a tomar un Mojito… Y me presenta a su novia Julieta, a todas luces una de las tantas inteligencias perdidas en esa isla del despilfarro de talentos. Ella ha estudiado economía (en un diccionario cubano esta última palabra debe traducirse por «ciencia ficción») en la universidad, y ahora se aburre en una oxidada oficina donde gana lo que ganan los cubanos diplomados, unos 15 dólares al mes.

–Tú sabes que eres como el hermano que no tuve –afirma Manolito con una cerveza Heineken en la mano, dándole vida a nuestra licuada relación de parentesco.

El postizo hijo de mi mamá salvado de las aguas tiene que confesarme algo: «Quiero irme de este país de mierda». No sé bien qué respondo. Él me explica sus planes. No es arriesgado Manolito. Me cuenta que lo suyo es Europa («si fuera negro o prieto como tú ya me hubiera ido con una *yuma*», aclara), que su madre tiene amigos allá, por ejemplo en Portugal, donde hasta le ofrecen un trabajo de sereno pagado a 3 000 euros al mes.

Pienso que, como no ha sido aplicado en sus estudios, Manolito pone un cero de más a su salario futuro. Porque recuerdo mi conversación con una linda camarera lisboeta que me confesaba en el remoto verano del 2002 ganar 300 euros al mes por ocho horas de trabajo de lunes a sábado.

Le digo eso y mucho más, ante la mirada atenta de su novia y de esa ceguera acústica de muchos otros compatriotas cuando hablas de la dureza del mundo allende los mares. No sólo no quiere oírme sino que me lanza al rostro eso de «ya no te acuerdas que tú pensabas igual cuando vivías aquí».

Me da tiempo, entre dos paseos por el Parque Vidal, de volver a situarme por un instante del otro lado, de imaginar mi vida de Manolito en Santa Clara. No es errado que él pretenda estar en mi lugar, me digo. Lo que ocurre es que mi lugar, a sus ojos, es un quimérico edén idealizado donde florece en abundancia todo de lo que él carece.

Nos vimos varias veces más y no puedo precisar muy bien ahora en qué momento nos despedidos Manolito y yo.

Mi madre me contó luego por teléfono algo que él me confirmaría después en un correo. Manolito ha dado algunos pasos en su pretensión de cruzar el charco, se ha alejado al menos unos kilómetros de la isla: trabaja con su novia en un cayo, en un hotel para turistas de la costa norte. Allí vende artesanías, caracoles y camisetas del Che Guevara a extranjeros de paso. Me lo imagino protegiéndose del sol con la sombrilla que sostiene su novia Julieta, mientras mira al horizonte y sueña, Manolito, con ser un exitoso guardián nocturno en, por ejemplo, Portugal.

Ricardo es una de las pocas personas felices que transitan por La Habana. Al parecer no sospecha esta apreciación mía porque, a la inversa, a sus ojos yo parezco ser un tipo satisfecho. Y se supone que un tipo así, además de no aceptar rivalidades, debiera estar contento de estar de vuelta, de triunfador, para mostrar y compadecer a sus infelices coetáneos de la isla. Como nos percatamos enseguida que asumimos con cierta reticencia nuestros respectivos destinos, dejamos a un lado las apariencias y nos damos a la tarea de contarnos lo esencial de nuestras vidas no compartidas.

Le hablo de mis viajes –que en realidad, por falta de tiempo y de dinero, no han sido tantos, pero que a los ojos de un estático insular pueden parecer desmesurados y extravagantes– y de mi vida en París. Más bien me limito a responder a sus preguntas porque, tal como debe suponerse en estos casos, lo que quiero es que me explique de qué manera ha logrado vivir, con cierta prosperidad, en el mismo país en el cual contemplo tantas vicisitudes.

Sin exaltaciones, sin alardes ni palmadas en los hombros, a Ricardo le agrada que reanudemos las conversaciones sobre la vida y los libros que alguna vez interrumpimos cuando ambos trabajábamos de libreros en la Plaza de Armas. Eso de haber compartido estrecheces humanas otorga cierta credibilidad a lo contado. En nuestras jornadas de aquellos años noventa, lejos estábamos de imaginar que un día yo pudiera vivir en París y él sacar adelante con éxito su negocio. Ahora, en los inventarios del reencuentro, esas experiencias nos confieren a ambos ciertas dosis de lealtad.

Tal vez sea también su parsimonia, y sobre todo su aplomo para saber adecuarse a las reglas de la sobrevida, las que le den ciertas ventajas que le permiten vivir bien; es eso lo que tanto me llama la atención de su carácter, porque yo estoy privado de esas virtudes.

Durante años Ricardo ha sido mi referencia libresca en la Plaza de Armas para brindar servicio a los franceses que viajan a Cuba y les interesa localizar y comprar libros. Cuando escribía mi tesis sobre Lezama, trataba que alguien de paso por La Habana le hiciera llegar la lista de los libros que me urgía consultar. Otras veces le he enviado a Ricardo profesores, amigos o hasta estudiantes franceses que llegan a la isla con inventarios de libros cubanos difíciles de encontrar.

Al no verlo la primera vez en la Plaza de Armas, lo llamo a su casa y al fin podemos encontrarnos. A primera vista parece todo igual en los anaqueles portátiles de la Plaza, pero es evidente que no es así. Han cambiado los rostros, algunos títulos expuestos, y el rigor del paso de los años por quienes puedo distinguir como viejos conocidos. Hay una regla áurea de silencio entre los libreros de este sitio que se resume en comentar lo menos posible los detalles del negocio. Lejos de una cierta aprehensión con respecto al dinero, lo hacen para protegerse de las medidas restrictivas de no sé qué administración que los gobierna y les dicta sin cesar nuevas reglas de conducta mercantil.

Decidimos que lo mejor es vernos en su casa de Marianao. Ricardo vive frente al Hospital Militar y casi es vecino de mi hermana Teresita, con quien intercambia noticias sobre el hermano que vive en París. Su esposa se ocupa de una librería más bien «para nacionales» en el portal de la casa, mientras Ricardo viaja todas las mañanas hasta la Habana Vieja para vender en dólares libros antiguos a los turistas.

La casa de Ricardo muestra a las claras los modestos signos de la prosperidad cubana de quienes, sin beneficiarse del favoritismo que el gobierno reserva a sus vasallos, han conseguido el milagro de vivir con cierto confort. Sé por experiencia que lograr poseer un techo de placa de cemento fundido, terraza, teléfono, televisor en colores, internet, agua independiente y almacenada en tanques propios, además de aire acondicionado en las habitaciones, es una ardua tarea local si no se tiene familia en el extranjero, un alto rango en el gobierno o un puesto de *barman* en un hotel para turistas. Ricardo y su esposa pueden regocijarse con razón de gozar de estas placenteras independencias, sólo vendiendo libros.

Al pasar el portal y después de atravesar la sala, Ricardo nos lleva a G y a mí hacia un breve salón posterior cerrado por puerta enrejada que, para mi sorpresa, da a la calle de la cafetería Ampudia.

Las carencias materiales, y esa especie de temor disimulado a mencionar la verdadera causa de tanto desastre, hacen que muchas conversaciones o visitas se jueguen en Cuba en un forzado terreno de medias tintas. Es más lo que se oculta o se insinúa que lo que se expone o debate. Más que interlocutor uno deviene un fatigado descifrador de códigos –por ejemplo, el gesto silencioso de simular con los dedos una barba, para no tener que mencionar oralmente el nombre de Fidel Castro.

Para mi alivio no respiro en casa de Ricardo estas tensiones invisibles de la mayoría de los hogares cubanos, quizás porque el principal atributo de la prosperidad es la independiente desenvoltura. Toda la tarde bebemos y comemos esas bebidas y comidas que ahora se encuentran en todas partes, pero que deben adquirirse en divisas, sin que, por primera vez en este viaje, sea yo quien tenga que pagar con mis euros la invitación ajena. Pero sobre todo, nos contamos como podemos lo ocurrido en este tiempo después de presentarme él a su hijo.

La sorpresa de las noticias de la tarde es enterarme que también Ricardo alguna vez estuvo tentado de emigrar: se quiso ir a España. A punto de vender su casa para pagarse el viaje, cambió de opinión a última hora y se quedó al lado de su familia. Esta rectificación añade cierto valor a mi apreciación sobre la cordura de sus juicios. No tengo que explicarle, claro, lo agónica que hubiera sido su vida de emigrado en España, porque si algo han logrado siempre difundir con disciplina los medios oficiales cubanos son las noticias calamitosas del capitalismo.

Me cuenta que sus planes eran irse solo y más tarde sacar poco a poco al resto de la familia. Le aseguro conocer ese «poco a poco» que no llega nunca, y que termina muchas veces con la errancia y el olvido. Supongo –y él me lo confirma enseguida– que quería irse a esa España próspera de principios de los 2000 que tan bien yo pude conocer. Le relato, no sin cierto deleite, mis meses de verano en Madrid en esa época, cuando publiqué allí mi primera novela. Mis lecturas en la Biblioteca Nacional y las noches interminables en el barrio de Lavapiés donde vivían a la vez, y no lejos, Joaquín Sabina, Fito Páez y Pablo Milanés.

Fue la misma época en que conocí en Madrid a muchos músicos cubanos que en Cuba disfrutaban de cierto reconocimiento y en Madrid eran notables desconocidos, le digo. Pensaban triunfar allí, al igual que todo inmigrante. Y añado con sorna que muchos a los que veía fumando marihuana en Lavapiés se han vuelto a La Habana con sus guitarras, y ahora cantan emocionadas alabanzas al comunismo y a la paz mundial, así que se los vuelve a promocionar en actos políticos y se los premia con algún que otro viaje a Venezuela.

Para mitigar el sarcasmo, trato de encontrar la causa de esos comportamientos. Le explico que a mi juicio la culpa no es de esas personas, sino de esa especie de ingenua fatuidad con que nos acostumbramos a mirar desde Cuba al resto del mundo. Porque, mira, por ejemplo, ¿a quién se le puede ocurrir que eso de andar con una guitarra dando alaridos como antes hizo la llamada Nueva Trova cubana le puede interesar a alguien todavía? Más que explicarle se me ocurre preguntar algo tan obvio que haga menos cruel mi caricatura de esos juglares.

Ricardo conserva en su cuarto una exquisita colección de libros cubanos que él y su esposa generosamente me muestran.

Es la ocasión de indicarle a G, más conocedora de las culturas mexicana y argentina que de la cubana, algunos títulos pintorescos de la bibliografía cubana. Desde que me fui no ha dejado de sorprenderme que en Francia –y en todas partes– cuando se estudia a Cuba se utilizan las mismas fuentes que promueve la dictadura. Eso sin contar que son poquísimos los especialistas extranjeros serios que se dedican a la época anterior a la Revolución del 59.

Le aseguro que puedo averiguarle por precios en España y en Miami cuando Ricardo, como es hasta cierto punto lógico que ocurra, me hace preguntas acerca del mercado de libros en español. Durante años él y yo pudimos comer gracias a los libros vendidos a precios irrisorios a mercaderes españoles y cubanoamericanos que sacaban ventajas de nuestra hambre. Tratar de saltarse esos intermediarios ha sido una obsesión permanente de los libreros cubanos.

Al anochecer nos despedimos después de insistir yo en pagarle algunos libros encomendados que él me había hallado desde hace meses, y que no me quería cobrar. Es raro despedirse así, como si nada, me digo ahora, de personas que hubieran podido formar parte de tu vida de manera más real y decisiva si algo –la radical debacle del comunismo, en este caso– no nos hubiese separado de manera tan definitiva.

Ricardo me ayuda a hacerme creer que mi madre y mi familia podrían haber sido más felices con mi cercanía, si en vez de actuar con esta inconformidad perenne contra las vicisitudes de la vida en Cuba yo hubiera sabido adaptarme con perspicacia a las nuevas eventualidades. Algo raro en mí, lo reconozco, ese tardío sentimiento de responsabilidad individual por mi partida al exilio.

Quedamos en seguir en contacto por teléfono o por internet Ricardo y yo, cosa que traté de hacer sin éxito semanas después de haber llegado a París. Muchos meses más tarde, y cuando acusaba a alguna fuerza extraña como culpable por las interferencias de nuestras comunicaciones, he recibido por mail desde La Habana un extenso mensaje de Ricardo.

Me cuenta que poco después de mi viaje, al subirse a la azotea para verificar el funcionamiento de uno de los tanques de agua, resbaló y calló de cabeza sobre la calle. Ricardo se recupera ahora, me dice, de una fractura en el cráneo que lo obligó a estar hospitalizado durante meses y que le provocó, además, una transitoria pérdida de la memoria.

Su mensaje es una prueba, por suerte, de su satisfactoria recuperación. Su accidente, me digo ya condescendiente con mis demonios, un ejemplo más de mi irremediable escepticismo sobre la vida y los destinos de las personas en esa isla donde nací.

La biblioteca como fantasma

I.

Durante los años noventa viajé en tren por toda Cuba en busca de libros que después vendía en dólares a turistas en la Plaza de Armas. Llevaba un bolso gigantesco de esos que en La Habana llamamos gusano, por la forma alargada que recuerda al animal y la procedencia: vienen cargados de pacotilla desde Miami. El mío lo había heredado del último viaje de mi padre.

—Te dejo esto que me trajeron de Miami, me dijo como si se tratara de legar un patrimonio, mientras se secaba el copioso sudor de su frente. No me hace falta para un viaje de ida sin regreso.

Las costuras del gusano heredado resistían (bajo el fogaje, las lluvias, los empujones y la suciedad de los trenes) el peso de diccionarios, enciclopedias, atlas y todo tipo de libros que yo compraba en provincia, muy baratos, a familias desesperadas por comer o por pagarse alguna visa, o una buena balsa que les permitiera fugarse allende los mares, como mi padre.

Me doy cuenta ahora, caminando por la calle Obispo, que mi memoria asocia los libros que tuve en Cuba con aquellos viajes de supervivencia en tren, y no con la nostalgia infantil de la evasión imaginaria hacia otros mundos. Por supuesto que existió esa época (cuando a los doce años mi padrastro Joaquín me construyó mi primera biblioteca) de lecturas de Julio Verne y Agatha Christie, pero los perniles de jamón y los quesos comprados de contrabando gracias a los libros hallados en provincia tienen más consistencia en mi recuerdo que las tiernas imágenes juveniles.

Fue con los dólares de la Plaza de Armas que me pagué mi viaje real a París. Un soleado día de primavera Eusebio Leal, el

Historiador oficial de una ciudad en ruinas, y cuya parte colonial él ha reconstruido para los turistas con el dinero de la UNESCO, aceptó comprarme las Ordenanzas Reales de Castilla de 1779, recopiladas por un tal Alonso Díaz de Montalvo, y que yo había comprado en 5 dólares a un vendedor de maní de Santa Clara. El conocido Eusebio me ofreció 350 dólares: el dinero que faltaba para completar los gastos de mi partida a Francia.

En aquellos años de Período Especial salía de viaje varias veces al mes de la estación de trenes de La Habana. Además del gusano llevaba conmigo una lista de títulos de libros preciosos (por venderse caros) que con el tiempo aprendería de memoria: *El libro de los ingenios*, *La Isla de Cuba Pintoresca* (en los cuales aparecen grabados y litografías de los franceses Laplante y Miahle), *La guía de forasteros de la siempre fiel isla de Cuba*, desde la primera edición de 1781 hasta cualquiera del siglo xix, la *Historia de Cuba* de Pezuela, el *Libro del capitolio*, *Los instrumentos de la música afrocubana* de Fernando Ortiz, y mapas o colecciones que tuvieran pájaros o plantas ilustrados con láminas de época, sin contar, claro, la posibilidad de tropezarme un día de suerte con algún incunable.

Como se puede suponer, no sólo trocaba por comida libros que por el peso y las correas del gusano marcaban de moretones mis hombros sudorosos, sino que además, al leerlos, no me ayudaban a evadirme hacia otras geografías. Eran libros que ilustraban para coleccionistas, curiosos o revendedores la misma pintoresca isla que yo creía a la vez detestar y conocer de memoria.

La biblioteca se convirtió en mi fantasma. Las portadas de sus libros invisibles me despertaban como las picadas de mosquitos en medio de las madrugadas asfixiantes y sin electricidad. Me distraían durante el pedaleo bajo el sol de mi bicicleta china Forever en la que hacía todos los días el trayecto de ida y vuelta de Marianao a La Habana Vieja. Dar con la biblioteca y los títulos que se jactaban de poseer los más prósperos libreros de la Plaza de Armas me salvaría para siempre del hambre.

Hallar en cualquier sitio de la isla maldecida una biblioteca ideal, que yo en otras circunstancias me juraba no habría elegido, incitaba la urgencia y el delirio de mis ajetreos cotidianos. El desasosiego, el tema de conversación con mi familia y mis amigos, la desesperación al entrar en las casas de donde me llamaban para que fuera a comprar los libros empolvados de olvido en los estantes: todo se debía a la imagen de aquella biblioteca fugitiva, como un espectro, que debía esperarme en algún sitio de la isla.

Tiene que haber sido por venganza que me deleitaba entonces con la lectura de páginas mordaces dedicadas a condenar, a lamentarse o a reírse de las miserias humanas de nuestro espíritu nacional, como las de las *Memorias sobre la vagancia en Cuba* de Saco, *Cuba y su evolución colonial* de Francisco Figueras, *Entre cubanos* de Fernando Ortiz, *Indagación del choteo* de Jorge Mañach, o títulos más recientes como *Antes que anochezca* de Reinaldo Arenas o el *Mea Cuba* de Guillermo Cabrera Infante. Leyendo estos libros aprendía más de la cultura y la historia de Cuba. Al menos de sus demonios. Pero eso lo puse en su lugar más tarde. Se trataba más bien de un acto de exorcismo: en aquella época el regocijo consistía en compartir con esos letrados desaparecidos o exilados la desgracia de haber nacido todos en la misma isla.

El calor obligaba a saltar al tren ligero de ropa: en bermudas, camiseta y tennis o sandalias, y en la mano una botella de limonada congelada que fungía como acuático reloj de un viaje de 10 y 12 horas: a medida que se derretía el hielo me alejaba de La Habana. Leía el único libro que llevaba para ganar espacio y fuerzas en el viaje de vuelta, que exigía duplicar las dosis de paciencia estoica. Porque retornaba con el vientre del gusano abarrotado, en el mismo tren oxidado de la ida, con asientos que de tan desnudos de cojines eran ya de madera, y con los cristales de las ventanillas rotos quizás por la asfixia de los viajeros o de los animales que estos escondían en sus equipajes.

El regreso en tren a La Habana era de esta manera la ruidosa travesía de un zoológico ambulante. Cacareaban gallinas, patos y gallos, rugían los cerdos amarrados a los asientos, y el hedor de pescados, mariscos, carnes y quesos a punto de podrirse atraían a moscas que disputaban a otros insectos el espacio aéreo irrespirable de los vagones, donde no había instalaciones de agua potable, y el hedor de los excrementos de los baños se confundía con el de los animales.

II.

Es temprano y La Moderna Poesía aún no ha abierto. Camino por el centro de Obispo, como dejaron para la tradición escritores como Jorge Mañach y Lezama Lima. Están ya instalados los vendedores de artesanías, de ropa barata y de comida: pizzas, sándwiches de no sé qué, brebajes de colores diversos que deben ser refrescos, etcétera. Un olor a aceite quemado se respira en el aire que a esas horas todavía no lleva de un lado a otro el polvo negruzco del humo de los carros. Algunos improvisados camareros se abalanzan sobre mí y me proponen direcciones y menús para un restaurante en dólares cada vez más barato que el otro. Me apresuro a llegar a la Plaza de Armas, que ya exhibe los anaqueles de libros castigados por el sol.

Me asombra que ante mis ojos todo parezca fijo en el tiempo desde aquella mañana en que vendí las *Ordenanzas Reales*, y que a la vez nadie parezca saber quién soy en esta plaza.

Me hago el turista y hojeo los libros de los estantes. «Todavía tienen aquí esto», se me escapa a manera de asombro o de pregunta al ver un ejemplar de *Cuba a pluma y lápiz* de Samuel Hazard.

El librero viene a exponer argumentos para tratar de vendérmelo, y le replico que sí, que gracias, que lo conozco, que trabajé aquí mismo hace mucho tiempo, antes de irme de Cuba, y busco, además, a un colega suyo llamado Ricardo. Traigo una lista para él de libros que quiero comprar.

Los libros que se muestran a la venta son los mismos de siempre, los que compran despistados turistas de paso: los del Che Guevara, discursos de Castro, los de José Martí, historias del tabaco… Los buenos se negocian aparte, me dice un muchacho. Aunque no. Veo también, achicharrados por el sol, los libros de escritores exilados. A la vista de todos. Pregunto por ese detalle y me dicen que no, que no hay problemas en vender eso aquí, que si quiero llevarme alguno… son baratos.

Compro en 15 cuc un afiche de la película *Soy Cuba* ilustrado por René Portocarrero. Dudo entre la consternación y el entusiasmo al ver tantas ediciones nuevas de Virgilio Piñera. Sé que puedo comprarlas en pesos cubanos en otros sitios, y me limito a hojear las cartas hasta entonces inéditas del escritor otrora proscrito, ahora homenajeado por su centenario.

En mi recorrido veo pasar el tiempo de mi ausencia en los rostros de algunos libreros que, seguramente por la misma causa, no reconocen de vista al antiguo colega. Al final sí. Insisto con algunos, les explico quién soy. ¿El que venía con libros desde Santa Clara y se fue con una francesa? Y hacemos la lista de los que se escaparon como yo: Armando Añel y Vázquez Portal están en Miami, les respondo.

Como Ricardo no aparece vuelvo sobre mis pasos para visitar dos librerías de Obispo: la Fayad Jamís y La moderna poesía. En ambas veo de todo, pero sólo de escritores nacionales: casi nada existe del extranjero. En la Fayad Jamís abundan los libros premiados en concursos. Compro algunos por instinto porque no los conozco. Como era de esperar, al pagarlos en la caja veo el contraste entre la abundancia de títulos y lo irrisorio de los precios.

En La Moderna Poesía es un poco distinto: los libros están separados y casi todos son en dólares. Veo una gran cantidad de los escritos por connotados burócratas locales y algún que otro de amigos que se quedaron; me da mucha alegría e imagino, al estar sus libros en los anaqueles de área dólar, que son ahora famosos. Termino por comprar un libro sobre la fauna de Cuba, y lo tacho de la lista que le llevaba a Ricardo.

Cruzo la calle y me voy al lugar donde compré una vez, con los 7 dólares que me quedaban, un ensayo sobre el vagabundeo del Rimbaud traficante de armas por los desiertos de Abisinia. Ya no es una librería, es una tienda de boberías para turistas. Pero le tomo a G una sombrilla ilustrada con cuadros de Sosa Bravo para proteger su piel del sol tropical.

Desde que vi que el apartamento que alquilamos G y yo estaba muy cerca de la Biblioteca Nacional, se despertó mi viejo instinto de bibliotecario. Consultaré allí algunos libros que no podré comprar, le dije. La biblioteca está cerrada al público desde hace años, me dice un señor que debe ser el portero; lleva una camisa a cuadros y habla con un cigarro encendido en la boca. Para modernizarla, me explica con ese entusiasmo que los optimistas allí siempre ubican en futuro. Ni eso funciona aquí y se quedará siglos cerrada hasta que se pudran los libros viejos esos, me comenta una señora vendedora de pizzas de la estación de ómnibus, con ese nihilismo agresivo que conozco y que caracteriza a los pesimistas en Cuba.

Donde más libros compro es en provincia. Libros cubanos, claro. La biblioteca cubana ahora vuelve a ser un fantasma, pero al revés. El deseo de poseerla invierte sus motivos. Ya las hambres de mi estómago están satisfechas, y el pasaporte francés en el bolsillo es la prueba de que me he ido. Pero la ausencia me ha hecho añorar los mismos libros que antes vendía, y ahora quiero verlos en mi incompleta biblioteca cubana de París.

III.

No hay libros ya en casa de mi madre. No veo mi biblioteca, le comento mientras tomamos café dándonos sillón. En un ángulo de mi cuarto he visto una pequeña pila que por sus títulos no me interesan.

–Vendí los que quedaban un día que no había qué comer –me responde–. Los otros los mandaste a pedir poco a poco con franceses que venían de parte tuya.

En la librería de mi infancia, la Pepe Medina, del Parque Vidal de Santa Clara, se produce un hallazgo inesperado: dos libros publicados en Cuba hablan de mí.

En el prólogo a la edición de Letras Cubanas de la novela *Los baños de canela* de mi amigo Juan Arcocha, Mirta Yañez me da las gracias por haber facilitado esa publicación pocos días antes la muerte de su autor. En otro, uno de los blogueros oficiales del gobierno critica un supuesto elogio mío a la frivolidad que aparece en mi post «Notas sobre la libertad y la esclavitud aceptada». En el primer caso sólo hice cumplir la voluntad final de un amigo; en el segundo, tratar de explicarle a mi razón el momento justo en que decidí largarme del lugar donde nací, para buscar la libertad del gesto de una muchacha argentina al encender un Marlboro en el hotel Riviera.

Están abiertas las bibliotecas de Santa Clara y Cienfuegos. Quiero llevar a G a la de Santa Clara con la emoción melodramática del sitio donde pasé años de mi adolescencia. Pero no me dejan instalar mi ordenador portátil. Le digo al portero que lo tengo precisamente para trabajar en bibliotecas. Le pido ver a la directora. «No se encuentra», me responde, y salgo del lugar apenas unos minutos después de haber llegado.

En la de Cienfuegos quiero que sea diferente. He dirigido aquí la sala de literatura antes que el acoso de la policía política me hiciera huir a La Habana. La casa donde G y yo alquilamos una habitación se encuentra a unas cuadras de la biblioteca. Entro. Me preguntan en la puerta. Explico. La recepcionista no me conoce, claro. Cuando uno está de vuelta las visiones se cruzan, se alternan, al mirar, los ciegos y los tuertos, y los diálogos de sordos se multiplican como ecos incomprensibles para un testigo.

Poco a poco voy recorriendo los pasillos, me detengo a mirar las colecciones, subo las amplias escaleras de mármol de lo que fuera un día el espléndido liceo de la ciudad. Creo ver entrar menos luz por los vitrales. No hay lectores en las salas de arriba. Al fin aparecen los empleados que ya no se ven obligados a llevar un ridículo uniforme como antes. Después de unos minutos me reconocen los que sobreviven. Otros, como yo, se han ido, los menos no han venido a trabajar ese día. Les dejo un ejemplar del poemario escrito durante mis años de exilio, y les prometo –aunque sé que miento–, que pasaré mañana a verlos una vez más antes de irme.

–¿Qué lleva usted en su equipaje?, me pregunta en el aeropuerto José Martí el aduanero, al tiempo que tantea el gusano que me llevo a Francia.

Heme aquí entonces saliendo de Cuba con un viejo gusano encontrado en un rincón de casa de mi madre.

–Son libros, sólo libros, soy profesor –le respondo al empleado que me mira con asombro.

–¿Libros? –pregunta cuando en realidad no hace falta, porque ya tiene abierto el gusano y los libros se desparraman a su vista.

–Yo sólo he leído un libro en mi vida, *El diablo cojuelo* –me confiesa con una sonrisa que creo orgullosa.

—Es un libro clásico ése –le digo disimulando el nerviosismo que me produce el tener algún problema para irme. Y le comento, para ganar tiempo y pensando en la novela homónima de Alain-René Lesage, que los franceses copiaron ese libro e hicieron uno parecido, antes de preguntarle algo absurdo: ¿Y le gustó el libro?

Tuteándome, al ver que soy cubano, en vez de responderme qué piensa del travieso Diablo, me hace a su vez una pregunta que no viene al caso: «¿Y dónde vives tú ahora?».

Le respondo.

—¿En París? Como las cigüeñas… –dice sin terminar la frase–. Como las cigüeñas, repite, mirando, creo, hacia el techo, desde el que supongo que el fantasma de un Diablo Cojuelo se divierte haciendo temblar mis piernas ante la demora de este control para mí infinito.

Ya en el avión me impongo no mirar abajo la lenta desaparición de la silueta de la isla en el mar. Y me sorprende el entusiasmo con que empiezo a imaginar la forma que tendrá en casa, con los libros que G y yo compramos en Cuba, mi biblioteca de libros cubanos.

John Lennon en La Habana

Doy vueltas por el Parque de la Fraternidad a la búsqueda de un taxi o de alguno de esos artefactos con humo que me pueda llevar de vuelta al apartamento que alquilo, cuando le recuerdo a G lo de la estatua de John Lennon en La Habana. He leído que le roban las gafas con frecuencia, le comento, y han designado a un señor jubilado para que vigile las nuevas gafas día y noche, añado.

A G le da tanta risa el nombre de *espejuelos*, que ella asocia a sus lecturas del Siglo de Oro español, que para evitar sus burlas adopto eso de *gafas*, algo que en Cuba sólo se emplea para mencionar los lentes que protegen del sol.

En nuestra lista de curiosidades por ver nos falta la susodicha estatua y su misterio de las gafas volátiles. Es entonces que cometo un revelador desacierto: le aseguro a G que estamos muy cerca del banco donde el célebre Beatles ve pasar a los paseantes habaneros.

Doy vueltas por el Parque de la Fraternidad, repito, hasta que me decido a preguntarle a alguien. Veo venir a un mulato en camiseta y le lanzo, con inocente desorientación, mis dudas sobre el lugar exacto de la escultura. Su reacción no sólo me deja atónito sino que además me hace retroceder dos o tres pasos, el tiempo para comprender lo que ocurre y provocar en G (como con la palabra espejuelos) una burla de la que estoy seguro no me recuperaré en largo tiempo:

–¡Felicidades hermano! ¡Te fuiste, asere, te fuiste! Déjame abrazarte coño, triunfaste hermano, escapaste... escapaste de esta mierda. ¡Felicidades!

Sin haber tenido tiempo de reaccionar, el desconocido se había abrazado contra mí (al tiempo que me daba palmadas con ambas manos en la espalda) de tal manera que estuvimos a punto de perder el equilibrio y caer ambos por tierra. «La estatua está en el Vedado, *brother*, te equivocaste porque te fuiste antes, asere, te fuiste pa'l yuma!», gritaba con euforia en mis oídos.

El resto de la escena –además de atajar la risa de G, que me ve desorientado en la ciudad supuestamente añorada por el exilado que debo ser yo– transcurrió en unas breves disculpas del mulato, a quien, por supuesto, le aclaré que vivía en Europa y no en los Estados Unidos, y que sí, que me había ido en los noventa, y que lo de la estatua lo había sabido por la prensa.

En lo adelante tomé precauciones para evitar ser el caótico guía que ya G había pronosticado antes de venir. Y sobre todo me di cuenta que nada de lo imaginado en la distancia remplaza a la realidad ahora ignorada, por lo que decidí entonces no ir hasta esa zona del Vedado, no tratar de armar un inútil mapa del tiempo de mi ausencia.

Ir a ver a John Lennon reproducido y estático en un lugar donde yo pernoctaba con amigos ahora dispersos por la isla o por el mundo alteraría en mi memoria remotos instantes de mis años habaneros, en un parque donde esa estatua y yo no tenemos en común ningún secreto. Ese Lennon irreal con fugitivos espejuelos pertenece a una Cuba para mí ajena y extranjera. La Cuba que fue enterrando poco a poco a mis muertos y que en la distancia adopta para mí formas incomprensibles.

Trataría en lo delante de rescatar en fotos, conversaciones y visitas lo que saliera a mis pasos de falso turista, lo que sobrevive aún del país tal cual yo lo recuerdo por haberlo vivido.

Historia en el cine Payret

De niño, al llegar a La Habana, me entusiasmaba comprobar la lista con los nombres de más de 120 cines que tenía la ciudad desde finales de la década de los cincuenta. Recuerdo bien que mi inocencia no comprendía las causas de la lenta desaparición de nombres de las carteleras vigentes, menguadas cada verano. Después de mucho insistir, mi padre, a regañadientes, me llevaba en el coche estatal que conducía a las direcciones de los sitios, para saber qué había ocurrido con aquellos cines olvidados en los programas estivales. El desenlace era casi siempre el mismo: las puertas estaban clausuradas y el edificio languidecía en un silencioso desamparo.

En París, las primeras veces en el cine me asombró la pequeñez de las salas, al punto de no dejar de hablar a los franceses que me acompañaban, incrédulos, del tamaño gigantesco de los cines de La Habana. Quizás por la influencia cercana de los Estados Unidos, por la estrechez terrestre de una isla y el olvido del que nos imaginamos ser víctima, los cubanos identificamos el desarrollo extranjero con las grandes dimensiones y los artefactos nuevos y sofisticados.

Lo cierto es que cuando quiero mostrarle algún ejemplo del antiguo esplendor de los cines habaneros, no se me ocurre otra cosa que llevar a G al cine Payret, donde exhiben una película inglesa llamada *Historia*. Según el programa, la película trata sobre la creación del consolador eléctrico por parte del doctor Joseph Mortimer Granville, en la Inglaterra victoriana del siglo XIX. Mortimer Granville, contra los prejuicios sexuales de entonces, logra tratar ciertos trastornos de sus pacientes femeninos con este artefacto de placer.

El mero anuncio del tema ha provocado que la cola de aspirantes a espectadores sea inmensa: a falta de pornografía –prohibida por los puritanos machos comunistas– y teniendo en cuenta que las mujeres que se prostituyen sólo aceptan pagos en dólares y son inaccesibles para los cubanos, los hombres se precipitan a soñar una hora y media mirando una película que los excite en la oscuridad y los lleve, de paso, a otras regiones del planeta.

La tarde anuncia lluvia y para regocijo de G y su piel el cielo está cubierto de nubarrones. He elegido el Payret por sus dimensiones y porque no está lejos del radio de acción en el que nos movemos en La Habana Vieja. A pesar del paso del tiempo, la monumental estructura neoclásica que se le impuso al teatro tras ser demolido en 1951 parece conservarse intacta.

Teniendo en cuenta que me hago pasar por extranjero (algo difícil, debido al color acanelado de mi piel, pero no para G, que me sirve de convincente pasaporte), no tenemos que hacer la cola nacional en pesos cubanos. Pero como me han obligado a viajar a mi país con un pasaporte cubano a pesar de tener la nacionalidad francesa, me niego a pagar en divisas, como un extranjero, las entradas a los lugares que lo exigen.

La papeleta del Payret cuesta o 2 pesos o 2 dólares, según el origen del espectador. Cambio de estrategia ante la taquillera. Para divertirme, trato de pasar gato por liebre (más bien francesa de piel nevada por cubana desteñida) en la taquilla: le doy cuatro pesos cubanos a la empleada y trato que vea lo menos posible a G, escondida a mis espaldas:

–Tú sí, pero la turista tiene que pagar en CUC –objeta la taquillera.

–Ella es cubana, lo que pasa es que tiene vitiligo y se me ha blanqueado un poco –le respondo.

–Ven acá chico, ¿tú piensas que yo soy comemierda?

Después de este animado preámbulo entramos al cine. La empleada que examina y controla los boletos hasta depositarlos en una urna está vestida con una camisa blanca de la cual cuelga, junto a infinidad de collares de multicolores perlas y gemas plásticas, una pañoleta roja. Mulata, de una cincuentena, maquillada y peinada de manera impecable con rizos alineados y una humilde mirada perdida; la silueta de la celadora casi cubre la escultura que, como un vaticinio de lo que le espera al espectador dentro del cine, se titula *La ilusión*.

Para mi regocijo de improvisado guía turístico, lo primero que llama la atención en el vestíbulo son precisamente sus dimensiones. Lamentablemente para la leyenda del lugar, rápido uno se da cuenta que la suntuosidad original de los mármoles y cristales, de los pasamanos y hasta de las esculturas de Rita Longa está embardunada por una capa de polvo que destiñe los colores o los deteriora hasta la decrepitud.

Me explica una empleada que no se puede subir a los pisos superiores porque están en remodelación, y ésa es mi primera frustración. No ignoro que aquí la palabra «remodelación» es un eufemismo que esconde la indolencia, el deterioro y los derrumbes: el arte de un dejar para un después del cual no hay regreso. Yo quería mostrarle a G (con ese ingenua insistencia que genera un recalentado nacionalismo) el panorama de la sala desde sus alturas para que viera incluso el Capitolio, y apreciara con sus propios ojos la grandeza de las salas cinematográficas de mi país.

Antes de entrar y elegir butaca, me llama la atención un cartel que con el título de SE BUSCA en la parte superior, el subtítulo de CLUB DE PAJEROS ACTIVOS y un logotipo que me parece ser una linterna encendida, es imposible que no puedan ver y leer los inminentes espectadores. Se trata de fotos de identidad de hombres, dispuestas en tres hileras verticales que en ese momento, no sabía por qué razones, eran objeto de búsqueda y captura.

Me sorprende, eso sí, que la acomodadora me ilumine la cara con una linterna al entrar y comente a otra empleada que parece ser la jefa: «Este se da un aire a Caracortada, pero no es él. Además viene con una turista. Déjalo pasar». De más está decir que no pude explicarle a qué se referían mis compatriotas cuando enfática, G me preguntó:

–¿Qué significa todo este circo?

Apenas sentados en nuestras butacas G y yo, dos señoras, también empleadas y al igual que las anteriores, con linternas en las manos, se acercan a nosotros como dos cocuyos cinéfilos. Me preguntan a mí si somos extranjeros. Le respondo la verdad que esperan: la mitad. «Tienen que irse de esta fila, es peligrosa», se le escapa a una, antes que la otra ataje a tiempo lo lanzado de sopetón por su camarada: «Queremos decir que, como son una extranjera y un comunitario, lo mejor es que nos acompañen para una fila lateral donde está instalado el único ventilador del cine».

La película avanza y G es feliz aunque esté despeinada por la brisa artificial, porque nada tan perturbador para ella que estar encerrada en una sala no climatizada con el calor de este agosto cubano. Aunque concentrados G y yo en la manera en que los doctores Mortimer Granville y Robert Dalumple encuentran remedios a los insomnios y espasmos musculares de las insatisfechas mujeres londinenses, no dejamos de percatarnos de que algo a lo que no estamos acostumbrados en un cine está ocurriendo.

Algunos espectadores entran y salen de la sala sin, aparentemente, interesarles seguir el hilo de la trama. Otros se cambian de butacas. Se ajustan otros –¿o más bien se desajustan?– los cintos de los pantalones, o como si fuera algo en ellos habitual, se quedan en short o en calzoncillos. Algunos –se puede ver al reflejarse sus sombras chinescas en las raídas cortinas– se ponen de pie para manosearse sin pudor los testículos. A todo esto se unen dúos de conocidos que después de saludarse dialogaban en alta voz sobre lo que pasa en la pantalla, en un gesto solidario, supongo, que permita comprender la película que ambos a intervalos han interrumpido por idas y vueltas por el recinto.

La película llega a su clímax cuando las pacientes londinenses, después de aceptar introducirse el vibrador eléctrico entre las piernas, gimen erotizadas por el artefacto, y expulsan frenéticamente, con gozosos orgasmos, las insatisfacciones que antes provocaba la histeria. El desfile de *ladies* que se levantan las faldas no cesa de aumentar en la consulta de los regocijados médicos. El mal con el placer está curado, parece ser el mensaje del filme.

Esa interminable fila de satisfacciones colectivas que se suceden en la película hacen que por unos minutos los alaridos de nuestros sigilosos vecinos en el cine Payret se confundan a nuestros oídos con los de la *Histeria* de la pantalla, hasta que una apacible escena en la campiña inglesa viene a advertirnos a G y a mí que quienes siguen aullando de placer son, en realidad, los espectadores del cine. Oleadas dispares de gemidos de satisfacción salen de todos los rincones del Payret. Lejos de disminuir parece incrementarse la placidez hasta hacerse colectiva, como si la terapia inglesa, por un fantástico efecto de traslación espacio temporal, se expandiera por la sala o se confundieran los actores con el público, como ocurre en *La Rosa Púrpura del Cairo* de Woody Allen.

Cuando tornamos la vista vemos a decenas de sombras de hombres agitando compulsivamente, hacia arriba y hacia abajo, una o incluso sus dos manos. Plegados detrás de las butacas los menos, caminando hacia la pantalla antecedidos por los falos erectos, los más: todos se masturban.

Las mujeres –porque es de imaginar que una película con tal argumento profiláctico sea un imán para ellas– gritan (supongo que histéricas) no sé bien si contra los masturbadores o excitadas por las londinenses de la pantalla. Lo cierto es que me parece ver a algunas en la penumbra frotar con energía sus entrepiernas, y hasta algún que otro objeto cilíndrico –¿tubos?, ¿bates de béisbol?, ¿rollos de pelo?, ¿trozos de caña de azúcar?– percibo entre las manos de las espectadoras.

Si como espectador uno conserva en tales circunstancias un poco de discernimiento, llega el momento de preguntarse si alguien va a poner orden entre tanta confusión. Y la explicación momentánea la tuve en forma de orden y con un coro de voces. Por encima de la algarabía, y con el desafinamiento de gritar lo mismo muchas personas a la vez, se pudo escuchar el bramido de:

–¡Cojan a Caracortada!

Una docena de empleadas con sus internas encendidas (Patrulla Aladino, sabré después que las nombran) corren en zigzags detrás de un mulato que trata de evitarlas y salta, como en una carrera de obstáculo, las hileras de lunetas. Tropieza a su paso, el mulato, con otros masturbadores menos célebres que él, o con grupos de mujeres que al parecer, repito, también se masturban a su manera, confundiéndose y entremezclándose los sexos, las manos y el gozo en general de hombres y mujeres.

Me doy cuenta por una enorme cicatriz que se trata de Cara-cortada, el mulato vallista, que parece volar sobre las butacas, el mismo con quien casi me confunden en la entrada la celadora, y que figura de número uno en la lista de los pajeros más buscados en La Habana, los del CLUB DE PAJEROS ACTIVOS.

El teatro se mete a vibrar de tal manera que nada queda en pie y nadie en su sitio. Las lunetas traquetean por un movimiento que en medio del alboroto atribuyo a la corredera de la Patrulla Aladino tras Caracortada, pero que en realidad se debe a las sacudidas de los sexos excitados y al agua que comienza a caer. Un temblor que de venir del piso podría creerse un terremoto se expande por el teatro y nos desorienta por unos minutos, porque el techo también parece agrietarse y se une con intensidad al temblequeo del local.

G y yo nos percatamos que al correcorre y al meneo frenético se suman ahora ráfagas de agua. Tal parece que el teatro rindiera macabro homenaje, con más de un siglo de retraso, al arquitecto de su techado (un catalán de nombre Fidel Luna): si no la luna, al menos el cielo se puede percibir si uno mira a través de las grietas del techo.

Está cayendo un aguacero torrencial sobre La Habana y el cine Payret se inunda también como si fuera un teatro a cielo abierto.

Gruesas gotas de agua se precipitan y ruedan hasta entrar por las ranuras de un techado que por el ruido supongo maltrecho. De gotas pasan a ser ráfagas. Y luego chorros, cada vez más torrenciales, que empapan las esculturas de las siete musas grecolatinas de Rita Longa que decoran las paredes del teatro. Llueve sobre el mismo escenario en el cual bailara *La muerte del cisne* la mismísima Anna Pávlova en 1915, y en el lago que se forma no se ven cisnes sino actores de una época remota, empapados por el temporal.

En la pantalla mojada siguen rodando las imágenes de la película como si el célebre mal tiempo londinense se ambientara para la ocasión con un vendaval del Caribe. Al ruido de gritos de pánico, a la consigna gritona de «Cojan a Caracortada» y a los alaridos de los orgasmos se unen los diálogos en inglés de la película, tal vez porque (es la única explicación posible) ante el desconcierto el proyeccionista ha aumentado el volumen como si alguien, en medio del diluvio y el caos, pretendiera aún seguir la historia de lo que pasa en la pantalla, donde las siluetas de los personajes se deforman cada vez más hasta hacerse irreconocibles.

Lo que queda de las cortinas y alfombras, ya por sí deterioradas, termina por deshilacharse, sus jirones flotan sobre los charcos que empantanan el piso, y se enredan en los pies de todos los que se precipitan hacia la salida. Algún problema de canalización impide que el agua corra, porque el nivel aumenta, y ya sobrepasa la altura de las rodillas. G, yo y todos los que quedamos dentro de esta laguna cubierta, de este lago de agua sucia en el que fungimos de cisnes, no podemos ni correr y casi ni tampoco caminar.

El peligro de un diluvio hace que nos apresuremos a escapar de la sala, desplazándonos como sea. Para colmo de nuestra perplejidad pasan nadando no lejos de nosotros, con las linternas en la boca, las vigilantes de masturbadores de la Patrulla Aladino, que por supuesto ya no pueden gritar la orden de detención de Caracortada.

Logramos al fin salir G y yo –me alivia constatar la seguridad que puede ofrecer en tales circunstancias el hecho de saber nadar– y me veo a plena luz del día. Aquí estamos, vencedores de una ridícula escaramuza acuática, en el vestíbulo del Payret donde el nivel de agua, por suerte, sólo nos llega a los tobillos.

A ambos lados de la escultura *La ilusión* de Rita Longa se alinean hombres semidesnudos que muestran sus sexos al aire y son custodiados por policías que, al tiempo que los esposan, los comparan con las fotos de la lista del CLUB DE PAJEROS ACTIVOS, y confirman con un «Positivo» o un «Negativo» de sus camaradas las coincidencias o el error. La redada ha sido grande gracias al aguacero y las filtraciones del techo del teatro, que han impedido correr a los pajeros. Faltos de fuerzas por los orgasmos, con los pantalones abajo y los pies apresados por las aguas del temporal, han sido presa fácil de la aguerrida patrulla.

Caladas de agua y con las linternas aún encendidas en pleno día, sin esconder en sus semblantes el orgullo por el deber cumplido, las integrantes de la Patrulla Aladino observan como protagonistas la escena. No sin dejar de gritar de vez en cuando improperios del tipo, «yo sabía que un día te cogeríamos con las manos en la masa», o «te lo dije que terminarías mal por tirador». Hoy es un día de gloria para ellas, que ven culminar un minucioso trabajo de identificación que las llevó durante meses a vigilar con sus linternas a los calenturientos espectadores.

Un público del que nos separa una extensa cuerda se agolpa en la acera y vocifera contra los pajeros arrestados. Palmadas, aplausos y hasta gritos –en mi opinión, anacrónicos, tratándose de la detención de masturbadores– de «Viva la Revolución» se dejan oír por todo el portal, al que siguen llegando grupos de personas atraídas por el espectáculo y que, pensándolo bien, no sabe uno si vienen para condenar o para ver y comparar las dimensiones de los falos, inexplicablemente dejados a la vista por los policías.

Muchos días después, y una vez G de regreso a Francia, un amigo, riéndose de mi desorientación de emigrado retraído de las novedades habaneras, me contaría que desde hace tiempo se considera al Payret el Centro Internacional de la Masturbación Colectiva. Que cada año en diciembre, aprovechando las tandas del Festival de Cine Latinoamericano, acuden a él, disfrazados de turistas, cineastas o militantes de una solidaria izquierda internacional, miles de competidores de muchos países (sobre todo de América Latina y de Europa) para, en un original festival paralelo, premiar a los masturbadores más espectaculares del mundo.

De más está decir que me he jurado en adelante no hablar nunca más a G (ni a nadie) de la magnificencia de los cines de La Habana.

EL DÍA DE LOS CIEN AÑOS DE VIRGILIO PIÑERA

Me veo en el Vedado, caminando por la calle Línea, en busca del teatro Trianón al atardecer del viernes 4 de agosto, día en el que Cuba festeja el siglo del nacimiento del escritor Virgilio Piñera y en el mundo crece la expectación por la final de los 100 metros de los Juegos Olímpicos de Londres.

Una mañana de aburrido domingo G y yo nos fuimos a caminar por el Trianón original (uno de los tantos caprichos que le costó la decapitación a María Antonieta) en las afueras de París, en un paraje de los jardines del palacio de Versalles.

Y evoco esta caminata porque G se sonríe al mencionarle el nombre del teatro donde se homenajea a Piñera, con esa condescendencia que enarbolan con elegancia los franceses cuando quieren burlarse discretamente de algo.

Como estamos adelantados y la jornada de calor ha sido agobiante, G y yo descubrimos que se puede estar sentado en un cafetín con aire acondicionado, situado a la derecha de la entrada del Trianón. Un lugar, claro, que se paga en divisas. Al entrar se me escapa un grito: ¡Hay Coca Cola! Yo, que sólo tomo Coca Cola en París cuando estoy enfermo del estómago, me asombro porque veo, por primera vez, latas del célebre refresco tras los cristales de las neveras públicas habaneras.

El ambiente, que imagino parecido al que predominaba en el Ten Cents de los años cincuenta, la vendedora con aire de colegiala y la presencia, además, de un niño en su coche, me hacen pensar en la inquietud y en la sorpresa que recorren el cuento «El caramelo» de Piñera. En su ensayo «El secreto de Kafka» publicado en la revista *Orígenes*, Virgilio defiende la necesidad de la sorpresa en toda narración, es decir, una sorpresa que él prefiere nombrar «por invención». Sin embargo, aunque fueran reales las sorpresas de esa noche, quise suponer que se divertía Virgilio desde lo alto, travieso, escondido en alguna parte de su eternidad, de todo lo que transcurría durante esa velada por sus cien años.

De vuelta, frente a la taquilla del teatro, la portera me anuncia que no se venden entradas: sólo se permite pasar por invitación. Le digo, calculador y oportuno, que estamos invitados por Antón Arrufat, y enseguida se abren para G y para mí todas las puertas del teatro.

Reconozco a muchos invitados que no me conocen, y escucho presentar a otros inesperados: solitarios familiares de Virgilio que acuden a este organizado aplauso al antiguo pariente proscrito.

Alguien que identifico de inmediato como el viceministro de cultura, Fernando Rojas, contribuye a la suma de sorpresas de la noche: viene a preguntarme qué tal me fue el viaje de París a La Habana, y cómo sigue la salud de mi madre: «Yo también soy de Santa Clara», añade con amabilidad.

El sobresalto no me impide ser cortés y al responderle le doy las gracias, casi al mismo tiempo que comienza el espectáculo y la soprano Bárbara María Llanes, envuelta en un resplandeciente vestido rojo, interpreta poemas de Piñera, y una sucesión de actores recitan monólogos que retoman pasajes de sus cuentos.

Lo preferido, además de la voz de la soprano y la ejecución impecable de los músicos, el pasaje titulado «Colosal Demostración de aburrimiento» del cuento «Un jesuita de la literatura», representado por un formidable Osvaldo Doimeadiós.

Al terminarse el espectáculo se percibe en el vestíbulo un inmenso cake con latas de refrescos de limón y cajitas. ¡Como en los cumpleaños de mi infancia, hay cajitas! La cola es extensa porque numerosos son los invitados, y cada uno parece unánime en sus respectivos fervores por atrapar la cajita que le toca.

Y cogemos cajitas G y yo. O más bien yo, porque G hace una mueca que deja entrever sus dientes y se niega con vehemencia gala a probar bocado de lo que sus ojos verdes ven dentro de la cajita. De nada sirve que evoque con adolescente nostalgia mis fiestas de niño y la trascendencia que guarda en mi memoria el acto de abrir una cajita: una vez más (como ya ocurrió con los frijoles negros) es evidente la ruptura culinaria entre nuestros gustos desiguales.

Al salir a la noche me dan ganas de remontar la avenida de los Presidentes, a pesar de la reticencia –por hambre– de G y el argumento de que seguro encontramos un paladar en la barriada donde saciar su apetito. Tengo deseos de caminar, como siempre en este viaje a Cuba, porque quiero rememorar la época en que vivía en este barrio, a finales de los ochenta.

Debe ser medianoche y está quedando atrás, con el aire del mar y el cercano olor a salitre, la noche del centenario de Virgilio Piñera. Seguimos caminando, colina arriba, a la búsqueda de un taxi o de un lugar dónde comer: lo primero que aparezca.

Es entonces, en la esquina de G y 23, bajo la luz de uno de los pocos faroles iluminados, cuando un joven con aire distraído, al ver mi reloj, se dirige hacia mí y me pregunta:

–Compañero, ¿puede decirme la hora, por favor?

Mi sorpresa se recupera del descontento que le provoca escuchar ese olvidado apóstrofe, y le corrijo: «Señor, dígame señor, por favor». El desconcierto cambia entonces de terreno, y reparo mi pesadez apresurándome a darle la hora:

–Son las seis de la mañana, señor…

En su cara veo la extrañeza y me toma unos minutos darme cuenta que no he cambiado de hora mi reloj, que deben ser las seis, pero no en La Habana, sino en Francia.

Un chevrolet americano que funge de máquina de alquiler y que ahora llaman almendrón se detiene echando humo ante las señas que G le ha hecho a mi espalda. «Los llevo adonde quieran ir, al hotel o a comer, adonde quieran…»

En la radio del almendrón un locutor, tan eufórico como el chofer, pronostica con convicción que en unas horas los jamaicanos batirán, allá en Londres, el record olímpico de los 100 metros.

LA CASA DE LEZAMA ESTÁ CERRADA

I.

Como la tarde en que fui por primera vez a la casa de Pessoa en Lisboa, me encuentro cerrada la casa de Lezama Lima en la calle Trocadero, número 162. Ahora es un museo la casa de Lezama. Con dos tarjas de bronce. Una con letras doradas y otra con una campana donde se puede leer que es Monumento Nacional. La hicieron un museo 100 años después del nacimiento del escritor y 34 años más tarde de haberse muerto encerrado en vida aquí con su soledad, resignado a una orden oficial de silencio, entre las cuatro húmedas paredes de un túnel sombrío.

Es la hora de la tarde en que el sol descompone los objetos ante los ojos llorosos de tanto centelleo, y el estilo de la siesta cesa el andar de los transeúntes, cierra las persianas, termina por apagar los jadeos con su muerte momentánea. De un golpe se paraliza todo ante el imperio de una luz afilada que como un cuchillo se desliza por la piel resbalosa, seca la garganta y fija tus pies derretidos; te inmoviliza atolondrado sin recordar ni siquiera los puntos cardinales del lugar donde estás o hacia donde podrías fugarte.

G, aturdida y con la sombrilla del dibujo de Sosa Bravo tempranamente deshecha como la quilla de un velero en pleno desierto, pierde por un momento su compostura pero no su lucidez, puesta en función de proteger su piel de vulnerable transparencia, y me grita airada:

–¡Salgamos huyendo de este sol infernal hacia otra parte!

II.

Una vez visité la casa de Lezama Lima. Pero fue de noche. Recuerdo. Una noche de 1988. Entonces no había llegado aún el pomposo rescate de su memoria y la casa estaba casi al abandono. En la penumbra, apenas iluminada por una única lámpara, se apreciaba la dispersión de unos muebles amontonados y se podía respirar el escozor del polvo humedecido que ahora imagino borrar con un velo de cera muchos detalles de las paredes del salón, del rostro de los invitados, y de los dos dormitorios que recorrería casi a ciegas.

No podría precisar por qué me di cita allí con un grupo de escritores que parecían salidos de una selva oscura, tal vez porque toda la isla entonces se me figuraba un círculo del infierno a la deriva. Una muchacha mulata y achinada con trenzas como racimos de uvas sacó de su bolso una llave de forja atada a una cuerda color herrumbre de la cual pendía un pedazo de madera con la inscripción *Ongietorriak*, y nos invitó a entrar.

Nos sentamos donde pudimos tratando de formar un círculo que terminó siendo una elipse. Un muchacho más bien pequeño, agitado, y cuya imagen desde entonces identifico en mi memoria con *El Pífano*, a golpe de vozarrón de actor –y después de obedecer a una orden dada con un movimiento de las trenzas de la mulata asiática– comenzó a lanzar sus poemas como uvas al centro de los visitantes.

El Pífano pasaba una a una las hojas bien encuadernadas, ponía énfasis o gemía, pero cada asistente aprobaba a su manera –asintiendo con la cabeza, mirando al techo, tocándole las tetas o la entrepierna a su más cercano espectador, etcétera– aquellas imágenes de elefantes voladores, mariposas, espejos, flautas de encantadores, correos nocturnos, pájaros y flechas en el cielo, silbidos de trenes y novias, muchas novias poseídas en el bosque o en lechos de nubes.

Más tarde, al final de la ceremonia improvisada, supe que el lector había traído el manuscrito ese mismo día en el tren de Santa Clara, para tratar de entregarlo en la fecha límite al jurado del Premio David, que terminaría por ganar.

Creo que hubo una pausa entre dos poemas, y que hasta se bebió algún brebaje de hierbas que imitaban al té. Lo que sí estoy seguro es de haber ido al baño, de haber preguntado en qué lugar podía deshacerme de los restos de la pócima. Estoy seguro porque me vi encerrado ante un inodoro para mí minúsculo si lo comparaba –como hice curioso y malintencionado– con las enormes posaderas del barroco poeta.

Fue entonces, mientras me figuraba a un Lezama sentado para depositar sus desechos al tiempo que leía a Góngora en aquel austero espacio, que ocurrió el olvido colectivo. Quizás porque ninguno de los invitados me conocía bien, el caso es que se olvidaron de mí y desaparecieron. Supongo que cerró la chica de trenzas de uvas la puerta tras de sí, de un portazo que no llegué a oír tirando como estaba al unísono la cadena del agua: ¡me había quedado solo y encerrado en el retrete de la casa del Maestro!

Empujé la puerta como pude y me fui a la sala, sin darme prisa por salir de aquella caverna. De todas formas si la cerradura había sido condenada desde el exterior me veía obligado a tardar mi presencia hasta encontrar otra salida. En esto estaba, sentado en la mecedora que supuse era la de Lezama, sin que pudiera impedirme pensar en el casi medio siglo que él había vivido y escrito en ese lugar.

Aparte del crujir de la madera al mecer el sillón y la luz del farol de la acera que entraba por una rendija hasta mis manos, sólo las escenas evocadas en sus libros me hicieron compañía por unos minutos antes de encender la luz. En esa época ya había leído buena parte de la obra del Maestro, pero no conocía aún las cartas desesperadas que él enviaría a su hermana desde ese lugar al final de su vida, por la simple razón de que no habían sido publicadas en Cuba. Sin embargo conocía de memoria las páginas del poemario póstumo *Fragmentos a su imán*, escrito al mismo tiempo que las cartas: poemas en los cuales se respira la desolación de sus últimos años y que termina con un poema fechado el día de mis doce años.

Ni en mis más remotas fabulaciones podría haber imaginado quedarme prisionero una madrugada en esa casa. Y mucho menos que años después en París, al descubrir en un café del Marais una litografía de Rancillac en la que aparece Lezama fumándose un tabaco, me decidiera a pasar seis años en la Sorbona haciendo una tesis de doctorado sobre él.

No puedo precisar ahora el tiempo que estuve encerrado en la casa, pero sí lo que hice además de balancearme en el sillón. Me di cuenta que tenía la oportunidad única no sólo de recorrer la casa a solas, sino también de ver los libros y objetos que sobrevivían allí a su muerte. Para mi decepción no quedaba casi nada. Sólo llegué a distinguir los volúmenes de una Enciclopedia Británica en español y algunos otros títulos que pienso eran irrelevantes porque no los retuve en mi memoria.

Si estoy seguro de haber dado al menos con tres libros que llamaron mi atención. Uno era un ejemplar de la *Sylvie* de Gérard de Nerval que poseía el valor de la firma de Lezama en la primera página; otro, una edición de Alianza Editorial de *Les lauriers sont coupés*, la novela de Edouard Dujardin que Lezama le había pedido en una carta a Julio Cortázar, y por último un ejemplar de *Esferaimagen*, la edición de Tusquets de 1970, en la cual figuran los ensayos «Sierpe de Don Luis de Góngora» y «Las imágenes posibles», y a manera de prólogo, un poema de José Agustín Goytisolo y otro, radiante, de Heberto Padilla.

Fue allí, de pie, en la sala de la casa de Lezama, que descubrí, en el ejemplar que le pertenecía, el poema de Padilla, que en ese momento para mi candidez solemne alcanzó una dimensión de disculpa y de homenaje.

Lezama en su casa de la calle Trocadero
Hace algún tiempo
Como un muchacho enfurecido frente a sus manos atareadas
En poner trampas
Para que nadie se acercara,
Nadie sino el más hondo,
Nadie sino el que tiene
Un corazón en el pico del aura,
Me detuve en la puerta de su casa
Para gritar que no
Para advertirle
Que la refriega contra usted ya había comenzado.
Usted observaba todo.
Imagino que no dejaba usted de fumar grandes cigarros,
Que continuaba usted escribiendo
Entre los grandes humos.
¿Y qué pude hacer yo,
Si en su casa de vidrios de colores
Hasta el cielo de Cuba lo apoyaba?

Nada encontré sin embargo de los numerosos bibelots que se cuenta se dispersaban por cada rincón de la casa. Se conservaba un desorden que era más bien el caos abandonado de los objetos muertos. Nada de esculturas de jade, de ceniceros o abalorios de cristal de Murano, estatuillas, sonajeros, nada de esculturas ni de cuadros. Cuadro, sólo uno: en el centro del salón el retrato de Lezama hecho por Jorge Arche, esa variante del otro José nacional. Una de las dos caras del espejo reversible de las letras cubanas, la del siglo XIX Martí, la del XX, Lezama. Dos retratos que hablan con las manos, los de Arche. Uno dedicado a Martí y otro a Lezama. En el corazón la mano del retrato a Martí, entrecruzadas sobre el pecho las manos del retrato de Lezama.

Fue ya con la decepción de no poder apreciar ningún otro cuadro ni objetos de valor que me puse a caminar por la casa. No puedo precisar ahora lo de los veintiséis metros de largo que Lezama afirmaba recorrer como ejercicio y que tal vez fueran más bien veintiséis pasos. Lo cierto es que en uno de esos paseos de ir y venir hasta la cocina y el patio me vi ante un espejo circular y convexo de apariencia veneciano, que deformó el tamaño de mi mano al intentar tocarlo y entonces, al fondo, detrás de mi cara falseada, pude apreciar la silueta de alguien que no podía ser yo, porque estaba envuelta en algo blanco que supuse una sábana:

—Ya me despertaron los otros con los poemitas y ahora este otro con sus trasteos… ¿Te puedes largar de una vez para que pueda descansar? Yo tengo una copia de la llave de la casa.

Quien me hablaba, en medio de mi miedosa sorpresa, era un mancebo de silueta muy parecida en tamaño a la de El Pífano, pero no de color cobrizo sino con un desordenado pelo rubio y piel nívea apenas alterada por la falta de luz. Una especie de ángel despeinado es lo que parecía en medio de la noche aquel Tadzio inesperado. Los ojos tan claros saltaban con su verdor desde la lobreguez del cuartucho, donde al parecer dormitaba sobre un camastro en medio de una atmósfera cubierta por un humo que ahora, en mis evocaciones, quiero suponer provocado por algún tabaco encendido y no debido al polvo.

Debí balbucear algo como reacción porque respondió al principio muy molesto. Me contó, en los escasos instantes que duró su compañía hasta la sala, que estaba durmiendo allí gracias a unos amigos de la mulata achinada. Había venido de provincia con una beca a estudiar letras, dijo antes de comentar algo así como que en esta isla hay más poetas que habitantes y yo prefiero irme a escribir allende los mares.

Mientras encontraba otro sitio donde vivir en La Habana y preparaba los papeles que le faltaban para irse definitivamente a vivir a Venecia, donde lo habían invitado, le pidieron como tarea hacer el inventario de la casa. Más bien de lo que queda en ella después de tantos robos, musitó de nuevo de mal humor al mismo tiempo que me tiraba la puerta en la cara, o más bien a mis espaldas.

III.

Estoy de nuevo desamparado ante la puerta cerrada de la casa de Lezama, pero ahora no es de madrugada sino la parte más intensa de la tarde cubana. El resplandor de la luz calcina de nuevo mis ojos y me impide ver por un momento adónde ha ido G a refugiarse de la hostilidad del sol.

Al fin la veo de lejos en el Prado, como un remedo de un óleo de Víctor Manuel, con su coloreada sombrilla hecha jirones sobre la cabeza, sentaba bajo los árboles que plantara un día de 1929 su compatriota Jean Claude Forestier, y que parecen no poder calmar su sofoco tropical con las sombras de sus ramas.

–Oye chico, si estás buscando donde meterte con la *yuma* esa… te tengo ahí enfrente un cuarto con aire acondicionado casi regalado. *Brother,* yo no creo que vayas a meter a la *yuma* en el museo ese, ¿no?

Al darme la vuelta para ver quién habla veo la piel agrietada del rostro de una mujer parada a mi lado, con un short y en chancletas plásticas. Me mira de manera incisiva a la espera de una respuesta, convencida de haber encontrado un potencial cliente por habernos seguido los pasos a G y a mí hasta la casa cerrada.

Mientras se abanica con un cartón que sostiene con una mano, la mujer repite la misma pregunta, hace una, dos, tres veces la misma proposición de un improvisado alquiler. Con la otra mano libre, a manera de visera, se protege de los rayos del sol que caen sobre su cara y un pelo teñido de un rubio descolorido.

Me resigno a la idea de aceptar todas las treguas a estas alturas de la tarde. Me voy a buscar a G que está mirando, estática y aturdida, a un mar que imagino violeta, para bajar por ese río arbolado del Paseo del Prado convencido de que a estas horas, en esta parte del mundo, hasta los dioses se resignan a abandonarlo todo por la paz de una siesta.

Amistades milagrosas

I.

Hoy atravieso La Habana para ir conocer a Orlando Luis Pardo Lazo en la Plaza de Armas. Y a Silvia, mi amiga virtual de Facebook que un día me mandara a París una caja de tabacos desde la mata de mangos en la que capta un internet robado a los vecinos.

(Silvia con sus gatos. A solas. Después, cuando Orlando se vaya volando a Miami el mismo día que morirá Chávez, y no pare hasta las nieves y el aburrimiento de Alaska. Silvia ahora: en una foto, casi desnuda, abrazada a un gato con desolación felina. Abandonada al calor solitario de su casa de la mata de mangos. Tomando fotos y más fotos, hasta de su propio sueño, entre las ruinas).

Vamos G y yo, sudorosos, con un retraso nada europeo a la cita.

La mañana cumple la disciplina aquí de estar soleada, y el almendrón ruge por la Avenida de los Presidentes ese humo negro que me hace apiadarme, como un ecologista del primer mundo, de los pulmones de mis compatriotas.

Bajamos al fin, después de muchas paradas, en el hotel Sevilla. El hotel que administran los franceses, me dice G, que está loca por llevar una vida más confortable en este viaje al trópico para consuelo de su piel vulnerable y que, como buena francesa, se imagina protegida y cómoda en un hotel galo que en La Habana se llama Sevilla.

Subimos a pie hasta el parque Martí. Echamos a andar por el mismo trayecto que haré todos los días después del regreso de G a París, como si navegáramos por un río, Obispo abajo y hacia el mar, siguiendo la dirección del dedo de la estatua del Apóstol.

Quizás con más colores estridentes de una ropa con decorados brillantes y estrechas tallas que parecen venir de caribeños templos del reggaetón, pero la calle es la misma que transitaba con la zozobra de no saber si vendería algún libro con que pagarme el almuerzo a finales de mi siglo xx habanero. El mismo boulevard con bullicio de vendedores ambulantes que supongo poseídos de mis idénticas angustias de aquella época.

Es la primera vez que voy a ver a alguien con quien sólo he hablado a través de la pantalla de un ordenador. Son ambos, ignorándolo, la prueba virtual de la existencia de un afinidad desconocida entre la Cuba real y otra que, al cabo de tanta ausencia, ya es imaginaria para mí.

Si a estas alturas la realidad no fuera para mí mucho más evidente que la fantasía, me diría que es un milagro que estemos aquí, reunidos, del otro lado de esa frontera de cristal que nos ha separado desde que nos conocimos.

Están allí, sentados y con gafas de sol, Orlando y Silvia, en uno de los bancos con respaldar enrejado que contornan los árboles de la Plaza de Armas y la estatua del Padre de la Patria. Son los dos iguales a las fotos. O las fotos son iguales a ellos. Orlando me recuerda mi remota indumentaria habanera: pelo largo, pantalones anchos, una mochila de libros y un filo de sudor por todo el cuerpo.

(Al final de la tarde Orlando me confesará, ante la evidente llegada de un aguacero, que está agotado, que no ha dormido toda la noche escribiendo sobre la muerte de Payá para *Diario de Cuba*. Nos invitará a G y a mí a darnos cita de nuevo dentro de algunos días, esta vez para pasar una tarde en la playa, en Guanabo. No podremos vernos esa vez y Orlando, por teléfono, me contará cómo los perseguidores de siempre le robaron la cámara y la ropa dejada en la arena antes de entrar al agua).

Uno termina por aceptar que es valiente este Orlando, quizás, me digo, por oposición virtuosa al miedo disfrazado de indiferencia que adormece la isla. Le disculpa uno hasta ese ego enorme fotografiado en cada gesto suyo. *Our man in Havana*, Orlando, el que grita o escribe la rabia que necesitamos saber o leer de la isla de la cual huimos por cobardes aspirantes al confort. El mismo que registra cada día ese cansancio de los fantasmas que Lezama creía percibir en la ciudad.

II.

A esta hora de la mañana avanzada, el ruido de maracas y guitarras de cantantes sudados que animan por una propina los tragos de turistas o nacionales prósperos obliga a alzar la voz y a entrecerrar los ojos ante la caída vertical del sol: hablar gritando, mirar cubriéndose de los rayos de luz. El agobio del calor y del ruido ajeno, dos taras de las cuales uno no puede librarse en la isla.

Por eso nos vamos de allí: es el pretexto que argumento.

Andamos los cuatro por la calle Oficios. Reemplazamos los pasos de nuestras sandalias sobre los suecos adoquines de madera de la Plaza por el asalto empedrado. Me parece más seguro hablar así, caminando con el más virulento disidente de la ciudad, que exponerme de manera estática a alguna foto enarbolada en la aduana como prueba el día de mi partida.

Sócrates más que Pascal, aunque no sé ahora por qué, recuerdo que en algún momento nos referimos a Jorge Mañach.

Buscamos un café. Pasamos por la Lonja del Comercio y seguimos más allá del convento de Santa Clara. Reconocí un lugar, abierto y sin ecos, frente al mar, en el Muelle de Luz. Venía a este lugar. Me sentaba en el muro frente al mar a ver salir la lanchita de Regla y Casablanca, a finales de los años ochenta, como un abandonado Humphrey Bogart del Caribe.

En realidad venía a un lugar llamado la Casa del Joven Creador a leer poemas, a escuchar trovadores, a veladas que terminaban en alcohólicas y nada bucólicas peregrinaciones al mar de una de las bahías más contaminadas del mundo.

El café está casi vacío pero se deja oír el trasiego de camareros que aguardan a los clientes. Después de pedir algo de tomar y antes de comenzar a intercambiar algunos regalos, me di cuenta que nos sentamos en el sitio exacto al que aludo en el primer poema («Exilio») de un libro mío que en ese mismo momento estaba dedicando a Orlando y a Silvia. Leemos el poema. Más bien es Orlando quien lo lee, entre risas, jugo de naranja doble (G no bebe nada que no esté hervido y no se desprecia algo ya pagado con divisas) y alguna que otra cerveza:

Los labios con perfume de naranja y un caracol rodando acallan por momentos la música del piano en un café del puerto.
(Las teclas del piano imitan el zigzag de un cangrejo sobre los acantilados el día en que me fui. Las teclas imitan mi naturaleza abandonada).

Sospecho que a los ojos de Orlando y Silvia soy el testigo de un mundo ansiado e imaginario; la frontera violada del horizonte de la cual se vuelve del futuro con una flor, un libro, un olor a perfume o fotos de viajes y de niños a salvo. No saben que a mis ojos ellos dos encarnan el tiempo que no quise vivir en el mismo lugar que nacimos, la prueba de una conquista o de un reproche. Todos alrededor de la mesa –salvo G, que con su sombrero a lo Karen Blixen por la sabana de Kenia anda como de visita con un guía por el zoológico– pudimos haber jugado el rol del otro. No ha sido así por elección o destino, por la Historia o el azar.

Si no fuera melodramático nos contentaríamos con afirmar en un quejido que nos une o nos separa Cuba. Esa casualidad.

Esa misión. Ese milagro fatal. Esa cicatriz que nos mira desde el espejo todos los días como una adicción y que no podemos ni siquiera cerrar, ignorar ni despedir como a un amigo. Pero sí, es retórico y de mal gusto: patria, destino, identidad. Es mejor entonces no mencionarlo, ni decirlo ni escribirlo. Seguir de largo, Cuba, seguir de largo.

En realidad, nos reúnen en este café del puerto la curiosidad y el consuelo.

Frente a nosotros el mar no huele a mar sino a restos de petróleo flotando a la deriva en forma de negruzcos goterones. Imposible quitar del aire, de los muros y vigas del muelle, de los caracoles, de los peces a punto de hacer sus testamentos, de los cangrejos mareados de tantos zigzags, las máculas malolientes de querosene. Hasta los pájaros que sobrevuelan parecen tener las plumas manchadas, como esas pieles quemadas de los transeúntes, perseguidos sin descanso por el polvo arenoso de los edificios en ruinas y la humareda de los carros destartalados.

Es entonces cuando pensé en tomarnos una foto. Así, los tres náufragos apócrifos frente al mar y la sirena de la lanchita de Regla y Casablanca. G es la fotógrafa, por supuesto. Y aparece un militar. Uno de esos policías que por el aspecto tan lamentable –sudado y desteñido uniforme de una talla que no le pertenece, desgarbado y errático– uno no sabe si infunde compasión o miedo. Se acerca a nosotros y nos pide que nos alejemos unos metros del lugar por no sé qué ridícula razón, que en el fondo es un pretexto de su complejo para resaltar su risible autoridad.

Por unos escasos segundos mi piedad es derrotada por la precaución de mi miedo: me imaginé detenido a causa del acto heroico de utilizar mi visa humanitaria para tomarme un jugo de naranja con el más irreverente de los escritores locales. Orlando y Silvia, tan acostumbrados a vivir con la incertidumbre que les obliga a dormir en casas diferentes cada dos o tres días, ni siquiera se inmutaron. Por sus sonrisas comprendí con vergüenza que en sus casos la cautela ha desaparecido junto con el miedo, porque se han ido a vivir a una región donde ya cualquier peligro es indiferente.

No pasó nada: ahí está la serie de fotos que muestro como prueba de mi precaria osadía.

III.

Caminamos de regreso por Obispo, subimos la ruidosa muchedumbre a contra corriente y con el mar ahora a la espalda. Una momentánea indolencia que imagino contagiosa se apoderó de nosotros. Reíamos no sé por qué. Pasamos frente al edificio donde días más tarde me dirán que están las oficinas de la editorial Letras Cubanas.

A medida que ascendíamos por la estrecha callejuela hacia el claro del Parque Central la estatua de Martí se borraba tras los nubarrones. A la altura de la calle Habana se desató un aguacero como suele ocurrir en La Habana: de un golpe de gigantescos goterones sobre la cabeza, las paredes descascaradas, la gente que corre a la búsqueda de las estrechas aceras. Todo lo cubre en un instante la grisura del cielo y el agua opaca de la lluvia. Navegamos en vez de caminar por el río desbordado en que se convirtió la calle y la pestilente mezcla de lluvia y residuos albañales.

Nos dispersamos. Nos perdimos de vista. Nos fuimos G y yo a acampar a los espaciosos portales del Gran Teatro. Me entretuve un tiempo observando las siluetas descoloridas de fugitivos de la lluvia. Empapadas y errantes. Un muchacho mulato, erguido y con espejuelos de pasta se nos acercó. Hablamos un buen rato de la literatura publicada en Cuba, de una literatura ahora para mí casi desconocida. Me dijo que se llamaba Ahmel Echevarría y que era escritor.

Creo haber visto correr bajo el diluvio a un perro vagabundo con unas hojas de papel entre los dientes. Al ritmo de las palabras –conversadas o evocadas– al resguardo del portal del Gran Teatro se fue atenuando la lluvia. Pero no tuve más noticias de Orlando y Silvia.

Varios días después, antes de volver a París, me di cita con Silvia a la entrada de la facultad de estomatología de Carlos III, donde ella sacaba muelas como práctica de sus estudios de postgrado. Me entregó otros habanos de regalo. Nos despedimos como supongo que uno se despide cada vez en Cuba: ignorando la existencia de un después.

Antes de comenzar a bajar las empinadas escalinatas de la facultad, me volví un momento a preguntarle por qué no había tenido noticias de ella ni de Orlando desde hacía varios días, a pesar de haberlos llamado a sus teléfonos móviles:

–Estábamos presos desde el sábado, nos vinieron a buscar a la casa.

Bajé de dos en dos los escalones y corrí a tomar un almendrón para escapar de aquel lugar posiblemente vigilado. Apretujé en los bolsillos de mi short los euros que le había llevado de regalo a Silvia. Se los mandé semanas después desde París con una turista de paso.

No podría saber hasta qué punto es cierto eso de que no se debe volver al lugar donde uno ha sido feliz. Lo que sí puedo asegurar es que es imposible regresar, en paz y sin sobresaltos, al sitio del cual uno se ha escapado alguna vez, horrorizado.

Marianao, la patria de arena

> He dicho que soy habanero y, más, que soy
> marianense. No es lo mismo ser habanero que
> marianense. Las cosas cambian cuando hay
> un río de por medio [...] Claro, nacer y vivir
> siempre más allá del Almendares, en Marianao,
> significaba lo mismo que vivir «en las afueras»
> [...] Al contrario de otras ciudades, «las afueras»
> de La Habana siempre poseyeron una aureola
> de delicias.
>
> Abilio Estévez

I.

Marianao en mi memoria de niño es el balneario donde los veranos me esperaban llegar mis padres después de haber salido de la cárcel. Al final de mi vida en la isla regresé a otro Marianao, menos idílico. A un Marianao convertido en mi refugio. Un escondite que pudiera protegerme de los imponderables de una vida en provincia en época de crisis. Que consolara, con su cercanía al mar y a La Habana de turistas, mi ilusión desesperada de fugarme al mundo.

Mi padre con sus bigotes engomados, su pelo teñido y una camisa a cuadros de cuyo bolsillo colgaba siempre un lapicero, me esperaba satisfecho en la puerta de la casa del reparto Quemados, con regalos que eran siempre los mismos: una caja de 24 refrescos de botella y un cake enorme comprado en la cafetería Ampudia. Mi madre me llevaba con ella durante tres meses, puntualmente a las 7 de la mañana, a la playa donde trabajaba de cocinera.

Ése era sin saberlo el mejor de los regalos de mi madre: no perderme de vista desde los ventanales del restaurante del Casino Español, prepararme, por ejemplo, una pizza de queso y una jarra de aluminio desbordada por la espuma de una malta helada, antes de gritarme que el almuerzo estaba listo, que saliera del agua, que dejara de jugar con otros niños en la arena.

Tratábamos todos, disimulando no darnos cuenta, de recuperar los dos años perdidos por la condena de haber comprado ellos un pedazo de carne de res en el mercado negro. Presos políticos mis padres por comprar carne. Con una P enorme colgada en las espaldas de sus uniformes carcelarios color mostaza, para distinguirlos del resto de los reos. La vergüenza escondida de la sociedad y de la familia que debía redimir con el silencio o las simulaciones el manchado honor revolucionario.

–Tienes que ser siempre el mejor en la escuela.

Ésa era la orden que me repetía mi madre cada vez que nos despedíamos de mis vacaciones marianenses, sin que yo comprendiera la causa real de ese forzado destino de excelencia, hasta su confesión a mis veintitrés años, una vez terminada mi licenciatura de letras en la universidad: «Ahora que ya no te me vas a traumatizar, te lo digo de una vez: tus padres han sido presidiarios, y tú no puedes pagar por la condena que ya ellos cumplieron».

No estoy muy seguro de no haberme traumatizado por la tardía primicia, porque desde que la recibí nacieron en mí dos obsesiones: huir de aquel lugar que tenía que ser infernal por engendrar tales atrocidades, y no olvidar mientras viviera mi condena a los culpables del ultraje.

Casi sin reconocerlos a la vuelta de la prisión –de Nuevo Amanecer ella, y de La Cabaña él–, nos veíamos mis padres y yo hasta el último día del mes de agosto en que regresaba con mi tía Mercedes a Santa Clara. Nunca hasta hoy logré dejar de llamarlos por sus nombres. Eran mi madre y mi padre estivales, pero siempre llamaría Pancha a mi mamá y Tato a mi padre, en un resignado acuerdo común al cual nos habituamos todos.

Para mis amigos de Santa Clara yo era el habanero desterrado en provincia; para los de La Habana, el provinciano de paso. Contribuyendo a estas paradojas de mi identidad geográfica, en cada sitio me sentía forastero y en cada ciudad de paso apostaba por el equipo de béisbol contrario, lo cual, por supuesto, acentuaba mis soledades.

Yo contaba uno a uno los nueve meses que me separaban de mis padres, de la playa y de Marianao. Enumeraba con parsimonia en un cuaderno escolar los lugares de la capital mencionados en la escuela, o los que yo había descubierto a solas en un desmenuzado libro de historia que perteneciera a mi tío político ya muerto. Tomaba notas de nombres de sitios y museos. Me hacía en fin un programa de visitas que provocaba –recuerdo bien– las burlas de mi padre. Y me preguntaba, sin recibir muchas respuestas, dónde podía conocer más detalles de los presidentes y de la época republicana que antecedió a la Revolución de 1959, de quienes sólo se decían horrores en la escuela, y de los cuales se hablaba hasta con presunción en la amarillenta reliquia de mi tío.

A veces en tren, casi siempre en autobús y en dos ocasiones hasta en avión, yo dejaba atrás en junio la tranquilidad de Santa Clara para irme a La Habana, quiero decir, a Marianao.

Cierro los ojos y me veo sosteniendo con un temblor la mano de mi tía Mercedes al detenerse el autobús Leyland en la terminal de ómnibus de La Habana. Invadida sin tregua por un bullicioso hormigueo de personas que parecen dirigirse a gritos a todas direcciones a la vez, y de empleados con gorras que vociferan los números de la lista de espera para múltiples destinos, con andenes cubiertos por capas de kerosene y a los que llegan o se van sin receso ómnibus que rugen bajo espesas cortinas de humo, la estación de La Habana era la prueba de la llegada del niño que fui a un nuevo mundo.

Una vez recuperadas las maletas de ropa y las cajas de cartón atadas con cuerdas —en las cuales transportábamos las cuotas de nuestra libreta de racionamiento—, atravesábamos mi tía Mercedes y yo aquella multitud gritona hasta la cola de los viejos coches americanos pintados de amarillo, que fungían como taxis, y a los que llamaban entonces máquinas de alquiler.

Varias filas de espera en forma de carriles separados por despintados tubos metálicos obligaban a los viajeros a hacer cola según el destino de sus viajes. Una vez elegido el carril marcado con el cartel de «Marianao y Playa», avanzábamos arrastrando como podíamos nuestro equipaje hacia el final de aquel brumoso túnel, que se iluminaba de repente con la luz del día y con el amarillo móvil de los coches, anunciándose así el comienzo de otro viaje.

La inmensidad de la ciudad aparecía de repente ante mis ojos. Acostumbrado a deslizarme del lado de la sombra de sobrias aceras, a atravesar estrechas calles adoquinadas y a saludar incluso —por conocidos— a los escasos transeúntes que me salían al paso, ver al llegar a La Habana una ciudad atiborrada de siluetas desconocidas me provocaba una zozobra que nunca me ha abandonado del todo. El miedo a perderme entre tantas avenidas, parques, edificios y molotes de transeúntes me hacían sentir en territorio hostil hasta no ver aparecer a lo lejos la pancarta metálica con el nombre de la barriada de Marianao.

De la misma manera que había aprendido de memoria la lista sucesiva de pueblos de la Carretera Central que atravesaba la Leyland inglesa desde la salida de Santa Clara, trataba de identificar los símbolos de la ciudad que recordaba del año anterior, en los esfuerzos vanos de mi miedo por tratar de situarme en la ciudad dibujada a la carrera a través de la ventanilla de una máquina de alquiler dentro de la cual se apretujaban unos cuantos pasajeros.

Volver me procuraba la falsa impresión de recuperar un lugar de origen del cual, sin embargo, me desagradaban ciertas costumbres: la suciedad de las calles, el hacinamiento de personas en las casas, las horas de transporte en ómnibus de los cuales colgaban como racimos de plátanos los viajeros, la entonación en la forma de hablar de los habaneros, cierta obsesión por los objetos y la ropa supuestamente de moda y aquella costumbre de comer de prisa, sin horarios, y lo que apareciera a la vista o estuviera a mano.

Alegraba hasta la costumbre, sin embargo, al paso de los días la recompensa de la cercanía del mar para un niño que vivía en una ciudad sin costas, y percibir las contornos casi siempre borrosos de mis padres, que repetirían al unísono y durante toda mi estancia cuánto había cambiado yo en un año, y que me llevarían a los cines y al parque de diversiones Coney Island varias veces por semana.

Algo del olor del mar, que imagino violeta al respirar su salitre, me causa desde entonces la sensación de haber llegado a una remota casa desaparecida. Breves arremetidas de la misma brisa, que se incrusta en las paredes hasta roerlas a mordidas de sal, han dejado sus cicatrices de aire en mi memoria y erigen las fronteras de un sitio que recorrí descalzo y con los pies mojados en algunos recuerdos, y que no debió dejar de pertenecerme. La paz insinuaba su llegada al pasar el taxi por el puente del río Almendares, el límite de agua entre Marianao y la otra Habana. No lejos imaginaba a mi mamá con un bolso ya listo con toallas y bañadores que pronto, mañana mismo, se cubrirían, por sus incesantes idas y vueltas a la playa, de infinitos puñados de arena.

II.

Escribo sobre esta patria de arena para comprender la discrepancia amable entre cierta lejanía y la pertenencia, la extrañeza que no he cesado de sentir cada vez que evoco Marianao. Esa afección incompleta por una identidad perdida, que camina a mi lado mientras regreso al cabo de dieciséis años de haberme ido a Francia.

III.

Son apenas las 8 de la mañana y le he pedido al taxi que me deje ante la biblioteca de Marianao. Sé que si subo las escaleras y busco en el anaquel de la izquierda al llegar al segundo piso –¿habrá cambiado aquí el orden de las cosas?, ¿habrán desaparecido algunos volúmenes?– encontraré los tomos de una enciclopedia de tapas marrones, y al hojearla podré admirar una colección de grabados de la ciudad de Brujas.

Desde una de esas mesas del segundo piso escribía todas las tardes cartas desesperadas a mi familia en Miami. Le rogaba, bajo un calor capaz de atomizar a un elefante –los ventiladores soviéticos no funcionaban por falta de electricidad–, a una novia argentina que viniera a buscarme, a un amigo suizo que me invitara a Ginebra, a viejos compañeros de clase que me llevaran con ellos a Estocolmo… No entro, claro, es inútil poder reconciliarse con el escenario de las mayores angustias.

Tengo cita a las 11 con mi hermana Teresita en la casa de Quemados, pero quiero recorrer antes a solas y sin prisa la barriada.

Bajo con el impulso de la brisa mañanera la calle 100, como hice tantas veces a finales de siglo en mi bicicleta china. Disfruto compartir con mi memoria la tentación de saber que ese descenso conduce al mar. Sé que al final de la bajada está el obelisco erguido hacia el cielo, la escuela de pintura San Alejandro y la puerta del Campamento de Columbia, donde nació José Lezama Lima y desde donde huyó en un avión Batista. Doblando a la derecha, frente a Columbia, está la Maternidad Obrera donde nací, y al volver a doblar –esta vez a la izquierda–, en el semáforo que corta cuatro vías, se extiende majestuosa la avenida 31, que muere o renace allá abajo, en las orillas de las playas de Marianao.

Mirando alrededor trato de conservar la misma curiosidad de niño ante la presencia de palacetes, mansiones y chalés que milagrosamente se conservan en perfecto estado a ambos lados de la calle. Bajar desde 100 y 51 puede impresionar a un espectador no advertido por la proliferación de viviendas insólitas y hasta anticuadas. Tomo fotos de ellas. Me extasío igual que antes o más, porque ahora, de vuelta, conozco el valor de las casas en el mundo y los originales europeos que inspiraron esas copias.

En 45 y 100 la luz matinal cae sobre el torreón circular y las almenas de la casa que hace esquina. Justo enfrente permanece intacta una casa con arcadas a ambos lados de un arco de herradura que precede a la puerta. Sostienen al arco dos imitaciones de columnas con capiteles corintios y breves entablamentos sobre los cuales se erigen dos farolas.

Como islotes parecen ésta y otras casas ignorar la suciedad y la destrucción que las rodean, y tienta creer que el mismo mago generoso que hace mucho las depositara en estos paisajes las protege ahora con un golpe de vara mágica de la desidia reinante.

Al igual que de niño, cuando al volver de la playa pasaba por aquí con mi madre o de la mano de mi padre los domingos que íbamos a visitar a mi abuela, guardo mi mayor asombro para el castillo en miniatura de la esquina de 100 y 41. Una casa de familia en forma de fortaleza que no citarán nunca los manuales de arquitectura porque –y no deja de ser académicamente cierto– esta reproducción falsamente feudal y ecléctica en pleno siglo xx, y por añadidura en esta comarca soleada del Nuevo Mundo, se considera por los jueces del arte un ejemplo de mal gusto.

Compuesta de un muro acastillado, con una escalera que debe fungir en la imaginación como puente levadizo, de un césped que por su descuido intenta parecer el fondo de un foso seco, una torre con garitones y otra hasta con aspilleras ovales, el caserón acentúa su anacronismo con la presencia de ventanas en forma de arcos elípticos y con vitrales.

A Rafael Rodríguez Altunaga, historiador y diplomático en países latinoamericanos y europeos de varios gobiernos republicanos, se le ocurrió diseñar de esta manera su casa en la década de los treinta. Hombre culto, bibliófilo y apasionado coleccionista de arte, tirado al olvido por la historiografía marxista a pesar de ser el autor de varios libros capitales sobre Trinidad, su ciudad natal, y la región central de Cuba, Altunaga debió considerar reconfortante para su sensibilidad vivir entre los muros grises de la réplica de un castillo.

Si para esos hombres de antaño retener en piedras del trópico las reminiscencias de sus viajes por tierras foráneas era un ejercicio de forzada nostalgia, a los ojos de un curioso las piedras edificadas aparecen como emblemas de un linaje desaparecido y de países para él, por desgracia, vedados.

Me agrada pensar que venir a contemplar estas mansiones cuando yo era niño, o en la época en que preparaba mis viajes en balsa para irme de Cuba, era mi manera de viajar a otras latitudes, una ruta que arquitectos y pudientes propietarios de una época próspera habían puesto en mi camino como presagio de mi vida futura en otros parajes.

IV.

Vuelvo sobre mis pasos. Subo todo 100 y llego hasta 43 –la sede del Partido Comunista del municipio cubre con sus jardines cuidados todo el ángulo de esta esquina– para ir a ver la casa que me dejara mi tía Olga antes de irse con mi padre a Miami.

La casa de mi tía está a solamente unos pasos de la que perteneciera al antiguo ministro de cultura Abel Prieto, promovido ahora a asesor personal de Raúl Castro. Suntuosa como merece ser la casa de un ministro –y más si se rodea de desolación como es el caso–, con sus dos plantas no puede pasar inadvertida la vivienda de la familia del melenudo escritor devenido alto funcionario del gobierno.

Algo cambia en las viviendas de estas avenidas interiores que difieren de la conservada prosperidad de las casonas de la calle 100. Aquí alternan discretos solares interiores protegidos por enredaderas o algarrobos, con inesperados palacetes tan grandes como media manzana.

Me paro ante el número 10011 de la avenida 43, y tal y como me ocurrirá decenas de veces durante este viaje, me aterra el deterioro de la casa de mi tía. Más que el testimonio del tiempo transcurrido, me duele la degradación de todo lo que no pudo cambiar o conservarse con los años. Es como si, en un instante visual, viajáramos de los palacios del poder comunista y de la morada de Prieto a la covacha de uno de sus siervos condenado a preservar su desdicha.

Las capas de colores arcaicos salen a luz como serpentinas desteñidas pasadas por las aguas de infinidad de temporales, bajo la descascarada pintura de la fachada. El techo del portal, a primera vista, parece decorado por la paleta de un pintor tenebroso que intentara representar –con matices negruzcos y grises deslucidos– los torbellinos de un ciclón que, mirándolo bien, son en realidad las manchas de la lluvia acumulada en paredes sin resistencia a los falsos maquillajes.

Ahora viven aquí una prima mía y sus dos hijas, a las que visitaré unos días más tarde. La primera vez no me atrevo a dar un paso hacia la reja, y teniendo en cuenta que la familia ha podado el frondoso árbol de vencedor de Olga y que sus raíces han sido cubiertas por una capa de cemento, mi contemplación debe interrumpirse a causa del sol de agosto, que ya me golpea con fuerzas en la cabeza y los hombros.

Sigo bajando por toda la calle 43 en busca de la casa de mi hermana y el inventario visual es unánime y lúgubre: imposible ver el más mínimo orden en centenas de metros a la redonda. Es curiosa la miseria bajo el sol, me digo. Brilla con luz propia esta miseria, resplandece y prospera sin tener la más mínima posibilidad de disimularse y termina por ser, casi, fastuosa en su decrepitud.

Los montones de basura y desechos se acumulan en tambuchos destapados para regocijo de moscas y roedores que se divierten, como en casa propia, a la vista de todos. Las aceras están cuarteadas al igual que el asfalto de la calle, y ambos conservan los mismos baches agigantados que mis recuerdos de obligado ciclista no olvidan. Aquí un hueco lleno de agua por el aguacero de anoche, allá las estrías de una grieta de la cual –¡tierra fértil la cubana!– sobresalen los retoños de todo tipo de hierbajo que las aguas albañales o riegan o no han logrado asfixiar.

Recorriendo el panorama que me rodea uno creería en este caso no en el mago invisible de la calle 100, sino en la existencia de la malévola disciplina de un guardián empeñado en proteger y reproducir con esmero toda ruina. O peor aún, se convence uno de lo nocivo de las cadencias de la costumbre, porque las personas que viven rodeados por estos paisajes de abandono durante medio siglo creen normal tal estado de cosas. En mi caso, primero la vida en una ciudad apacible de provincia, y ahora la experiencia de vivir en el mundo, expliquen quizá el escozor que me provoca esta prueba de dejadez colectiva.

Mi desesperación aumenta cuando al percatarme de la presencia de un nuevo edificio de apartamentos, compruebo que se ha incorporado –durante los años de mi ausencia en que fue construido– al deslucido deterioro que lo rodea. Justo en la esquina de 110 y 43 se erige este inmueble de bloques grisáceos y manchados de humedad, desde los cuales brotan hiedras espontáneas que cubren las escaleras y los aleros sin que un observador consiga determinar ni su centro ni sus puertas de acceso.

Ya no existe el edificio de General Lee de la esquina de 114 y 43, donde trabajaron mis padres cuando se levantaba allí un asilo de ancianos regido por monjas españolas. Sé que se desplomó de un golpe a finales de siglo, y saberlo le evita a mi espíritu la melodramática reacción por la desaparición. En su lugar se extiende, resguardado por el tambaleante muro de antaño, un descampado de malezas y escombros donde tratan de levantar edificios de apartamentos que, viendo la lentitud de las obras, uno augura disponibles para dentro de algunas décadas.

A pesar de lo temprano de la hora y de lo tenue de esa luz que aún no diluye los colores hasta desdibujarlos, se me atasca la nariz mientras camino con ese polvo mezclado con residuos de humo de coches y camiones, y toso a cada paso. Una nube de una arenilla transparente se adhiere a mis ojos y a mi cuerpo. El sabor espeso a escombros se humedece con mi saliva, hace pastosa la arenilla y cierra la garganta. Escupo. Hago pausas. Desamparado ante el olvido de esas sucias incomodidades antes cotidianas, me obligo a tomar sorbos de agua cada vez que debo interrogar las manecillas de mi reloj también cubierto de gotas de arena, y retomo mi caminata.

v.

Mi hermana es la última habitante de una casa que ha logrado poco a poco ampliar con el dinero enviado por la familia de Miami. Otrora minúscula, la casa actualmente cuenta con tres plantas y una terraza que espera su balaustrada. Ella es la postrer y solitaria heredera del territorio familiar de mis vacaciones de niño. Está sentada, como en aquel poema que Virgilio Piñera dedicara a su hermana, en su trono del dolor. Pancha moriría en Santa Clara meses después de mi visita. Su padre Tato nunca volvió de un viaje a Miami. Su marido Pedro se fue con otra mujer. La hija Anaysis se escapó de Venezuela para vivir en Miami. El hijo Pedro Luis ahora toca piano en un club nocturno de Shangai. Alberto, el otro hermano, huyó en un barco en 1980 y anda por Kentucky, y Mandy, el hermano menor, se casó con una turista francesa que conoció cuando vendía libros en la Plaza de Armas.

La transformada casa es en realidad una eterna e inacabada obra en construcción. Uno no sabe con certeza si la vivienda está irguiéndose o derrumbándose. Si amenaza con crecer o se hace pedazos. El tiempo que demoran en llegar los materiales nuevos hace que, al añadirse a los más envejecidos por la espera, se superpongan y no correspondan ni en colores ni en formas ni en estilo a los anteriores. A veces con ladrillos, otras con bloques o manchas de cemento, las paredes y muros puestos a coincidir en el mismo espacio producen un marcado contraste. Mi hermana, de pie ante la misma puerta donde mi papá enarbolaba los refrescos y el cake de la cafetería Ampudia, parece la capitana de una averiada nave a la deriva.

Hablamos. Nos contamos como podemos tanto tiempo de ausencias. Para cumplir la promesa hecha a mi padre, no he olvidado comprarle en una tienda en dólares de los alrededores lo que se regala en Cuba en casos como éste: café, aceite, jabones, latas de conserva, algunas cervezas. Le doy algo de dinero. Me pregunta con insistencia por sus sobrinos que, al ser franceses, supongo sean muy exóticos a sus ojos. Sé que vendré varias veces antes de volver a Francia, como le prometo. Que reuniré una tarde a lo que queda de nuestra familia en La Habana, como un brindis por los que se fueron o ya no viven, sospechando, sin decirlo, que quizás este rencuentro tampoco pueda repetirse en el futuro.

Está sola mi hermana, rodeada de nombres de fugitivos o de fantasmas de muertos, de imágenes de su vida de antes, de la esperanza de una llamada telefónica, de la llegada de algún dinero para comer o para añadirle otro ladrillo a la pared que falta.

Nos vimos poco de niño mi hermana y yo, recordamos. En ocasiones fuimos juntos a la playa. Como aquel día en que por no saber nadar casi se ahoga, y al correr yo tras los gritos de la multitud pude verla desvanecida y rodeada de intrusos, acostado su cuerpo con los brazos abiertos, en forma de cruz, sobre la arena.

Después de la detención y la cárcel de nuestros padres, a mí me tocó la suerte de irme a vivir con la tía acomodada de provincia; a ella, vagar por La Habana de casa en casa de familia y hacer colectas de jabas de comida entre los vecinos para llevarlas los domingos de visita a la prisión. Cuando arreció el hambre en los años noventa, yo pude escapar a Francia mientras ella se resignó a decir adiós a sus hijos, a su padre y a casi toda la familia. «Para orgullo de la familia tú fuiste el primero en estudiar en la universidad», repite. Ella fue enfermera una vez, antes de volverse loca y tratar de suicidarse. Después ha sido muchas cosas mi hermana, que me confiesa, cabizbaja, a manera de despedida y con un beso:

–Ahora mi oficio es esperar noticias, Mandy.

LA PERA DE MI MADRE Y OTROS SECRETOS DE G

G vuelve hoy a Francia y he venido a acompañarla al aeropuerto. La sigo con la vista hasta que se pierde en uno de esos pasillos que en una época desesperada hubiera yo podido imaginar que conducen directamente a París. Viéndola de lejos decirme adiós con una sonrisa burlona, desde este más acá en el cual me codeo despavorido con los condenados a quedarse, siento como si la isla me cerrara de nuevo las puertas al mundo y mis dieciséis años de vida en Francia fueran sólo una fábula lejana.

Hoy se va G y a mí me queda una semana más aquí. Una semana que sobra. Porque su partida me recuerda ese otro más allá que ahora añoro como propio. No más tarde que ayer hemos ido G y yo a confirmar su vuelo a la agencia de Air France. Al reconocer en una pantalla las imágenes de Francia, sentí esa sensación de refugio con la cual uno identifica lo que le pertenece. Como el enfermo amnésico que recupera la memoria afectiva dañada en un accidente –que en este caso sería mi viaje–, sentí volver a poseer con nostalgia y entusiasmo algo que de manera incomprensible creía haber perdido.

G ha venido a La Habana una semana antes y se vuelve también primero que yo. G, mi Lena con el secreto de traer consigo mi cuaderno de notas y mi minúsculo ordenador, algunos regalos que debo ofrecer y una pera oculta para mi madre que no ha probado esa fruta desde hace más de medio siglo.

Decepcionados los ladrones guardianes han visto llegar al disidente que soy con las maletas vacías, y lo verán irse sólo con vetustos recuerdos de familia y muchos libros. No pueden sospechar los aduaneros que mi peregrinaje se completa con la llegada de G y con su salida. Que vendrá ella con mi otra vida y tendrá, si no mis ojos, al menos lo que necesito para escribir y conservar esta travesía a mis orígenes.

Conociendo bien la aduana cubana, sé que con G, tan blanca que parece transparente bajo la luz del Trópico, no habrá molestias de vigilantes compatriotas envidiosos. Ha salido de la aduana sólo quince minutos después de su llegada. Desconcertada al verse sola y rodeada por decenas de personas que gritan y gesticulan detrás de una cuerda que los separa de los viajeros, G tira del carrito con su equipaje mientras me busca impaciente con la vista. «¿Qué cosa es esto?», pregunta cuando la llevo al desvencijado Lada que me sirve de taxi.

No debe ser común para ella ni para nadie civilizado estar en un aeropuerto donde se organiza de manera espontánea un circo familiar para despedir o decir adiós a los viajeros nacionales.

Para distraerla mientras vamos al apartamento alquilado de Nuevo Vedado, le apliqué a G una dosis de realidad casi con alegría: «Te he conseguido un litro de leche a dos dólares y estos cereales vietnamitas». De más está decir que su desconcierto fue mayor que el provocado por las tribus anfitrionas del aeropuerto. Días después comprendería la importancia de esos hallazgos míos, cuando vio que la única leche que se toma aquí es en polvo y no existen los cereales.

Se va hoy G que ha venido a conocer mi país. Y se va desorientada ante tantas anomalías inexplicables para su razón. Estaba prevenida G («viajar contigo a ese país es estar acompañada por el antiguía, lo sé»), pero aun así lo que ha vivido este agosto sobrepasa sus expectativas sobre el tropical exotismo comunista.

Le faltaba Cuba a la francesa G, que habla español con ligero acento indefinido, además de inglés, portugués y ruso. G, que con dieciséis años menos que yo ha vivido en México, en Perú y Argentina, y viajado por Rusia, Japón, China y Vietnam, no podía dejar de venir a este anacrónico museo de antigüedades soleadas. Hacerla venir y traer la pera clandestina para mi madre, y otros secretos, era mi manera de implicarla de una forma más sutil con mi regreso.

Ella lo sabe y se presta al espectáculo. Tanto se presta que, en el último momento, cuando ha llegado la hora de pasar el control para volar a París, me dice al oído:

—Bueno, a lo mejor me retienen ahora por haber ido con alguien como tú a conocer disidentes… quién sabe.

G se ha dado cuenta que se puede jugar con la cortina invisible a través de la cual el poder aquí tiende sus redes a los crédulos, hasta provocar que el mal, más que banal, parezca inexistente.

Es la levedad del espíritu nacional lo que salva de cualquier condena a este gobierno. Nadie puede suponer que haya malevolencia en playas de aguas transparentes y cuerpos semidesnudos durante todas las estaciones. Puede que subsista una duda entre los más sensatos, pero ante las pocas evidencias y el júbilo público de sus habitantes, las líneas del mal se desdibujan y termina el observador ajeno por echar a un lado las sospechas para unirse, durante sus vacaciones, a la festiva indolencia colectiva.

Lo que G ignora —porque ha nacido y vivido en una democracia— es que ni siquiera su pasaporte francés la protege. Que contrario a los soviéticos y a los norcoreanos que no pudieron adoptar la levedad del espíritu como estrategia, la levedad cubana sirve de vitrina. Tras ese ejercicio subyace una severa pesantez oficial que controla el caos. Un grave ejército de comisarios que lleva la batuta y el ritmo invisible de las reglas del juego. Nada menos ligero que las autoridades de este lugar. Nada menos dejado al abandono que la disciplina de controlar, registrar y reprimir todos los movimientos. A medida que pasan los años los más lúcidos de sus habitantes lo aprenden y entonces, fingiendo, se incorporan a esa levedad salvadora para que los dejen en paz o para aspirar a algún ascenso hacia una posición menos hambrienta.

Se necesita de vez en cuando a un occidental preso aquí para cambiarlo en alguna que otra negociación, por ejemplo. Eso no se lo explico a G, claro. Además de atemorizarla, cerraría nuestro juego veraniego: me pondría en el papel del oportunista que no puedo ser con ella.

Sabemos los dos que este viaje culmina un ciclo, que funciona como terapia para conjurar de una vez mis demonios de exilio y la doble relación ambivalente, de amores y odios, con mi país de origen y con el suyo. Que después de este viaje podré poner mejor las cosas en orden en mi cabeza, pasar una página y decidir que mi vida en Francia es una opción, y no la imposición de un destino.

Ha soportado con estoicismo bretón la pobre G todos mis periplos por la isla. Tanto ha soportado las calamidades que le provocan el calor, la mala comida, el ruido y el asedio por ser extranjera, que hasta ha perdido la paciencia G: «Nos vamos unos días a un hotel en la playa lejos de todo esto o enloquezco».

Al volver de la playa mi madre me habla de G. «Parece buena la muchacha», opina. Mi madre, que nunca pudo pronunciar el nombre francés de G –ni yo tampoco escribirlo sin turbación, por lo que G aquí es G–, siempre la llamó así, *la muchacha*. No olvidó mi madre valorar su gesto de traerle escondida en su maleta una pera desde Francia: «Tú ves, Mandy, que yo tenía razón cuando te explicaba que cuando se muerde la pera se vuelve agua en la lengua…» –diserta Pancha, ante la sonrisa complacida de G–.

En uno de los cuentos de *Fuegos*, «Lena o el secreto», Marguerite Yourcenar cuenta la historia de la criada y concubina de un boxeador que acepta, por orgullo, la relación homosexual de su amo Aristogiton con otro gladiador más joven, de nombre Harmodios. Implicados en un tiranicidio contra Hiparco, ambos amantes son ejecutados y Lena apresada. También por orgullo, para que la importancia de su presencia en la vida de Aristogi-ton no sea relegada a los ojos de sus captores, Lena insinúa ser la confidente de otros secretos de los conjurados. Al arreciar las torturas de sus victimarios, y para no revelar un secreto que no posee, Lena decide cortarse a mordidas la lengua.

Se pierde ya de vista G por el último pasillo que la lleva a Francia. Le digo adiós con la mano a lo que va quedando de su estela invisible. Lleva consigo G en su maleta una buena parte de las notas escritas en un cuaderno y en mi ordenador, que son el borrador de mi libro sobre este viaje. Nada que ver nuestro secreto con un ilusorio proyecto de atentado a un tirano. Compartir el secreto del manuscrito de un libro es tan insignificante a los ojos de los guardianes como reconfortante ver a mi madre lamer como un niño una pera francesa y ser consciente de que, a fin de cuentas, G no sabe de mis apuntes ni ha leído ninguna de las crónicas que yo he escrito, a solas y a escondidas.

Los amigos escritores y la cicatriz de Ulises

I.

Erich Auerbach titula «La cicatriz de Ulises» el primer capítulo de su célebre *Mímesis*. La tesis de Auerbach consiste en afirmar que si se compara el pasaje del canto XIX de *La Odisea* –donde Ulises es reconocido por la sirviente Euriclea cuando le lava los pies y toca la cicatriz que un jabalí le hiciera una vez al guerrero– con el sacrificio de Isaac en el Génesis se pueden diferenciar dos modelos de descripción de la realidad en el discurso de Occidente. Homero describe desde el presente temporal y local, lentamente, en discurso directo, de manera visible, uniforme y exterior; mientras que el discurso bíblico, dice Auerbach, es más sutil y con más profundidad psicológica.

La representación del deseo de Dios de probar la fidelidad de Abraham se hace a través de entredichos y omisiones: se sugiere un pensamiento que no se expresa y tampoco se manifiestan el motivo y la intención. El relato exige una interpretación que traduzca el significado del acto que se ordena: el sacrificio de Isaac, el hijo de Abraham, como ejemplo de sumisión a la voluntad de Dios.

En el pasaje de la cicatriz de Ulises como prueba y en la manera sencilla de escribirlo subyace, en cambio, la intención de mostrar la huella corporal de un pasado que persiste más allá del tiempo y de la niebla de Atenea, y que permite reconocer al viajero hasta entonces desaparecido en los mares de ese mundo que era entonces el Mediterráneo. Cada cual, parece decirnos Homero, lleva consigo algo del pasado que no se puede borrar ni ocultar y que lo asocia e identifica a su vida y a sus orígenes.

–¿Al fin pudiste curarte en París el hongo de las patas?

Con esta pregunta, a la vez desafiante y expectante, me saluda J A al llegar a su casa desde el aeropuerto y verme, con la fatiga propia del viajero, quitarme los zapatos para recuperarme del viaje.

En una época de vicisitudes compartimos los mismos zapatos J A y yo. Disponíamos de unas zapatillas marca Canguro que la abuela de J A le había traído de regalo de Miami. Es agónico eso de tener un par de zapatos para dos cuando ninguno de los dos es cojo, además. Es apremiante. Sobre todo si yo tenía cita con alguna muchacha de esas que uno conoce en la cinemateca y J A llegaba con retraso a la puerta de su casa, donde lo esperaba yo descalzo. Nos planificábamos bien mi amigo y yo, de tal manera que nunca nadie nos veía salir juntos a la calle. Viven bajo el mismo techo, pero si son amantes esconden su relación, pensarían los chismosos de la época. Las citas de J A eran antes o después de las mías porque yo, como no tenía dónde vivir tras mi divorcio con A, me había ido a vivir a su casa y del divorcio había salido sin zapatos. Uno de esos apartamentos de La Habana Vieja el de J A que, al llover, pueden ser arrastrados por el agua y disueltos para siempre. Pero en aquella época de vagabundeo, aquel apartamento de la calle Aguiar me salvaba de tener que mendigar un espacio a mi familia de Marianao, o de la derrota de volver a Santa Clara.

Después hubo progresos y llegaron hasta sandalias a nuestros pies descalzos. Pero en la Habana de los noventa donde nos despedimos era para mí más tortura que alivio ponerme sandalias, porque de tanta humedad y sudor un hongo había afeado con grietas las uñas de mis dos pies.

Cierta turbación me sobrecogía si en un paseo alguna muchacha descubría mis uñas averiadas. J A lo sabía y a cada rato me lo recordaba si, por alguna razón, yo aludía por orgullo a la perfección de mi cuerpo de atleta. Como imperfección, en vez de talón de Aquiles yo llevaba conmigo unas uñas podridas. De ahí mi arcaica costumbre –que respeto hasta hoy– de permanecer en la playa con los pies embadurnados de arena después del baño, para disimular ese ya desaparecido desajuste, que en la isla no pude curar con ningún tratamiento: a un médico francés le debo también que haya borrado ese estigma de mis pies. A cada cual su cicatriz: la mía no era la huella de una batalla gloriosa ni de la embestida de un jabalí, sino el resultado de una higiene espantosa por la vida que tuve en el país en que nací.

La nueva casa de JA en el Cerro me parece impecable por sus dimensiones y su luminosidad y por el estado de sus paredes y habitaciones. Se lo comento con forzada euforia (repetiré este ejercicio sin cesar durante los encuentros con mis amigos para eludir la imagen hiriente del triunfador de vuelta) y añado que a todas luces le ha ido bien, que nunca en París podré disponer yo de tanto espacio propio.

JA ha ganado todos los escasos premios en dólares que se dan en Cuba, de vez en cuando lo ponen en una de las listas de viajes culturales oficiales a alguna feria en el extranjero, y con las ganancias de esas generosidades ha ido comiendo y arreglando la casa que le diera la UNEAC. De más está añadir que entre los paréntesis temporales de los premios que se agotan y los paseos culturales que escasean, JA y su madre padecen las penurias recu-rrentes de todos los cubanos. (Con culpable sobresalto corro a comprarle no sólo una botella de ron sino también comida y lo que puedo, cuando una mañana me dicen JA y su madre que queda sólo un mango para el desayuno).

Haciendo recuentos del tiempo que cada uno de los dos ha vivido en espacios dispares, me doy cuenta de que es cierto, que le ha ido bien a JA en Cuba, de la mejor manera que le puede ir allí a alguien que escribe y quiera dedicarse sólo a esa ingrata profesión. Que al igual que el narrador Alcofribas en el capítulo XXXII del *Pantagruel* de Rabelais, JA ha encontrado una muela hueca donde pasar la tempestad provocada por el agua de la sed saciada al entrar a la boca de Pantagruel, y por tanto, el deseo de beber del gigante. Y desde la cavidad protectora de esa muela averiada, sobrevive J A a las tempestades que han hecho zozobrar, exilarse o desaparecer a muchos de sus amigos y vecinos.

Eso sí, no me imagino a J A fuera de Cuba. No me lo imagino así, escribiendo de vez en cuando, viajando con gastos pagados, recibiendo a amigos distantes, de jurado o de lector de tertulias mundanas, viviendo y a la vez sobreviviendo –según los zigzags del azar oficial– en lugares donde predominan la disciplina del orden riguroso –como el pago puntual de un alquiler–, y la competencia por las escasas plazas disponibles en cada oficio. Yo no me lo imagino, repito. Y quizás en esta percepción soy injusto. Porque debe existir al menos ese beneficio de la duda que se llama adaptación al mundo, y que yo he asumido con resignación para subsistir lejos de las reglas de la isla donde nacimos.

Pero a J A y a R R les debo haber podido volver a Cuba para despedirme de mi madre. Ellos han intercedido ante el viceministro de cultura, y este ha hablado con el embajador de Cuba en Francia para que me otorguen mi visa de entrada. Ese gesto de victoria de la amistad ante la política merece al menos una ceremonia de gratitud.

II.

R R es ahora el flamante director de una casa editorial y al igual que J A, gana con asiduidad los premios locales de literatura. Me presento en los bajos del renovado edificio donde ahora es él el patrón. «Dígale que lo busca alguien que viene de Francia», le digo a la recepcionista, que se apresuró a saludarme con un «¿Quién es usted?» seguido de un enfático: «Pero no tiene cita».

R R y yo nos conocimos en la ciudad nuclear. Él, acabado de llegar graduado de letras de Moscú, yo de la Universidad Central de Santa Clara. Allí él fungía de traductor, yo de asesor. Una muchacha, especie de Margarita, que era su novia, me dijo que él escribía. Mi trabajo consistía precisamente en eso: en encontrar en aquel lugar inhóspito a quienes ejercían alguna vocación literaria, una especie de dinámico detective de metáforas en la ciudad de empleados nucleares de una planta que nunca llegó a funcionar.

Logré que R R me diera varios cuentos a pesar de sus aprensiones. Uno de ellos me pareció genial. Era la historia fantástica de un viejo que, agobiado por el desamparo de un paraje donde hasta el aire respirado era hostil, soñaba con subir al cielo ayudado por su nieto. Pasé a máquina el relato y meses más tarde un jurado presidido por el poeta Rafael Alcides le daría el premio nacional de los talleres literarios.

Ciertos atardeceres corríamos juntos R R y yo por un camping que bordeaba el mar no lejos de la ciudad nuclear. Refinado conocedor de la lengua rusa, R R sentía una pasión profunda por Mijaíl Bulgakov, de quien me hablaba sin cesar. Resignado especialista yo de la literatura nacional, le insistía en su suerte de haber podido viajar y conocer en otro idioma una literatura monumental como la rusa.

Ahora he subido hasta el último piso. La secretaria de R R me ha pedido que lo espere, que está por llegar el director. La antesala de su oficina es modesta, pero posee una de esas vistas panorámicas de La Habana que por obligaciones del guión aparecen en toda película cubana que pretenda venderse como tal.

No hubo sorpresas en las apariencias mutuas al vernos, sobre todo después de cerrar la puerta de su despacho y sentarnos a hablar, claro, del tiempo transcurrido. Parecíamos contentos de vernos, como en la época en que nos dábamos cita en la Feria del Libro de La Habana para hacer la cola y escuchar escritores y paneles que ahora preside él hasta en la televisión, y junto al mismísimo ministro de cultura.

Meses antes yo había logrado que un cuento suyo se publicara en francés, y creo que por ahí, y por lo de sus gestiones para facilitar mi viaje, comenzó nuestra conversación.

Me apresuré a comentarle mi admiración por el éxito de su carrera como había hecho con el símbolo de prosperidad de la casa de J A, aunque tomando la precaución de evitar mencionarle mi más secreta intriga: ¿de qué manera se pueden conciliar en un país como Cuba dos oficios como el de escritor y el de empleado de cultura? En el fondo, me digo ahora, ésa era mi principal ansiedad antes de la cita: ¿es posible que en la carrera por los ascensos, un burócrata como el Berlioz de *El Maestro y Margarita* haya recuperado su cabeza rodante, salvarse como se salvó del sacrificio Isaac, y abolir al diabólico Woland de la vida y el oficio de mi amigo de nucleares *joggings* playeros?

Hablamos largo rato, como se hace después de años de pausas y una vez rotos los celosos protocolos de cada cual. R R siempre me pareció, en sus exterioridades, un tipo precavido. Para salvarlo de los juicios de mi conciencia crítica me dije que ha sido más bien la cautela que la conveniencia lo que le ha permitido subir en medio de esa invisible atmósfera de recelo que se respira o mata de asfixia la vida literaria en la isla. No era allí, en aquellas circunstancias y en plena misión mía de agradecimiento, donde iba yo a descifrar la clave de su comportamiento o a incitarlo a confesar su desencanto.

En Cuba todo se apresura y se revela cuando se vienen encima los horarios culinarios. Entonces hay que hablar de esa cotidiana tragicomedia nacional, ¿qué comer?, y en la escena que narro aquí, además, ¿dónde? Y se hizo tarde. Y le dije a R R, con la sinceridad de la remota amistad, que lo invitaba a almorzar a algún sitio. Pero no podía. Vive muy lejos R R, en las afueras de La Habana, y ni siquiera tiene teléfono para prevenir las ausencias o tomar citas. Acoteja sus horarios de tal manera que un carro de función lo busca temprano a su casa y lo lleva de vuelta poco más allá del mediodía, por lo que nunca come fuera.

Me regaló en la despedida dos libros: una lujosa edición de caricaturas y dibujos sobre Lezama Lima («editada con dinero de la Unesco», me aclara), y una novela suya premio Italo Calvino, el italiano nacido en las afueras de La Habana y célebre en el mundo entero por *Las dos mitades del vizconde*.

No recuerdo si bajamos juntos las anchas escaleras del edificio de la editorial. Pensándolo bien ahora, con la distancia de los años y creyéndome a salvo del otro lado del mundo, no creo que hubiera podido acompañar a R R en su carrera hacia la fama burocrática en la isla. Pero sí estoy seguro que, de haberme tenido que quedar en aquella prisión, hubiera seguido siendo su amigo.

III.

—¡Has vuelto de Francia con las uñas de los pies curadas… ya no tienes hongos!

Entre incrédulo y conforme, J A me lanza esta observación al verme salir del baño. Me he dado la última ducha antes de escoger la ropa que le dejaré de regalo. Le digo que le dejo mis sandalias. No las Minelli, porque no puedo irme descalzo como San Lázaro a París, sino las otras, las que he llevado en otros veranos por el Mediterráneo. Ordeno mis libros en la maleta y en la mochila de mano.

Nos vamos en el mismo viejo Lada que me trajo del aeropuerto el día de mi llegada. Recordé entonces el monólogo que Dante pone en boca de Ulises en el canto XXVI de la *Divina Comedia*. Decidido a marchase de Ítaca, Ulises convence a sus marineros de pasar el estrecho de Gibraltar, el límite fijado por Hércules con la divisa *Non plus ultra*. Después de navegar cinco meses por el Atlántico, cuenta Ulises, él y sus hombres se encuentran con las montañas del Purgatorio.

Por más que quise encontrar con mi vista una oscura montaña que se pareciera a lo lejos al Purgatorio, sólo vi en el horizonte el mar.

Adiós a Ítaca

En su ensayo «El enigma de Ulises» de 1948, Borges comenta el misterioso pasaje del Infierno de Dante (XXVI: 90-142) donde Ulises aparece condenado por falsario. La razón principal: haber mentido a los troyanos con la invención del caballo de madera. Dante le pide a Virgilio hablar con él, y éste se lo concede no sin antes advertirle: «Procura reprimir tu lengua». A partir del verso 90, Ulises, que en la escena es invisible, cuenta que se separó de Penélope y abandonó de nuevo Ítaca. No pudieron retenerlo ni la mujer, ni la vejez de Laertes, ni la tierra. Quiero decir, ni la isla jónica donde él era el rey.

Se lanzó a navegar de nuevo Ulises con algunos amigos hasta ser tragado por el mar. Borges añade «la creencia» de que Lisboa haya sido fundada por Ulises, antes de emprender su viaje fatal —una observación que tengo la costumbre de celebrar cuando voy a Lisboa, ciudad que, como repito al volver de cada viaje, prefiero a todos los demás sitios de este mundo.

Tratando de encontrar la causa de esta condena a Ulises, Borges, en una línea memorable, sugiere que «Dante fue Ulises y de algún modo pudo temer su castigo». Al elegir quiénes están en el Infierno, Dante se adelanta a la providencia de Dios, y por esta razón Ulises es un espejo de Dante. Lo cierto es que Ulises, la encarnación del exilado de vuelta, regresó a Ítaca pero después, según Borges y Dante, se largó para morir lejos de su isla natal.

II.

Estoy en el aeropuerto de La Habana. El consuelo de haber podido ver a mi madre antes de su muerte y el alivio de volver a París sosiegan este trámite final de abandonar Cuba por segunda vez. A esta hora de la tarde, en la cual en esta isla los mortales y los dioses tienen cita con la siesta para atenuar la canícula que te derrite en vida, el aeropuerto es un hormiguero de gente que espera o despide a los pocos que llegan o se van: este debe ser el único aeropuerto del mundo donde se invierte esa proporción, porque ver partir a alguien o verlo arribar de otras geografías se vive como el anhelado espejismo que una multitud no ha podido protagonizar.

He comenzado a beber un mojito cuando escucho que mencionan mi nombre por los altavoces. Se me atraganta una hoja de hierbabuena en la garganta y me trago de un tirón un cubo de hielo disimulando soportar mi desventura.

Vuelve el miedo de hace una hora y el que me ha acompañado durante todo este viaje. No me dejaban pasar los controles a la entrada argumentando que he cometido el pecado de quedarme, sin pedir permiso, más de cuatro semanas en el país donde he nacido. Después de dieciséis años de exilio y seis meses de trámites para mi visa, sólo me permitían quedarme cuatro semanas en mi Ítaca natal y yo ni siquiera lo sabía.

Como el día de mi llegada, JA ha venido al aeropuerto y se angustia conmigo al comprender que mi partida depende de la voluntad de estos guardianes. Saco de nuevo dinero en efectivo con mi tarjeta de crédito. Le doy una parte a JA para que pueda volver si el chofer del Lada que lo ha traído lo abandona en el aeropuerto por quedarse a acompañarme. Me guardo el resto de los billetes en un bolsillo.

Una observación sacada de mi desesperación convence a los guardianes: desde que me fui de Cuba es la primera vez que vuelvo. No conozco las reglas, por eso no puedo respetarlas. Mi violación viene de la ignorancia, no es premeditado mi despiste.

Varios aduaneros vestidos de militar se turnan escrupulosamente ante un viejo ordenador durante largos minutos, hasta que parecen convencidos de mi impericia de virgen turista nacional:

–Déjalo que se vaya –grita una muchacha vestida de militar a su asistente al ver aparecer mis billetes de 20 CUC ante sus ojos. Más de un mes de su salario, regalo del exilado.

Pero me molestan otra vez. Me llaman de nuevo por los altavoces y salgo corriendo. No sólo he dejado abandonado mi mojito sino que tengo que preguntar una y otra vez adónde debo dirigirme. Doy traspiés, me abro paso, casi grito o susurro. Me aterra no poder largarme en paz una segunda vez de este lugar donde sólo el hastío puede que llegue a superar mi miedo.

Me acusan de traficar relojes. Son varios, uniformadas mujeres y dos hombres, en la aduana. Son varios los agentes, y los relojes, dicen. Me rodean. Me piden que abra mi maleta porque han visto en el *scanner* que llevo un puñado de relojes de contrabando. Mi estupor llega a decirles que no entiendo de qué hablan mientras abro la maleta.

–Son mis medallas de atleta, las que gané corriendo. Las llevo de regalo para mis hijos. Yo corría con Juantorena…

Les muestro una a una las oxidadas medallas de falsos oro, plata y bronce que mi madre me ha pedido que me lleve a Francia. En medio de mi nerviosismo les lanzo la tontería de haber corrido con Alberto Juantorena, el campeón olímpico de Montreal en 1976 y recordista del mundo de 800 metros, el corredor excepcional que al haberse convertido en un atlético ministro del castrismo es, a los ojos de esos humildes y sumisos custodios, alguien a respetar por su confianza política.

–Mira tú, corría con Juantorena, mira tú, con Juantorena… cooñó.

La frase, coreada por el mismo grupo, hasta hacía un instante de apariencia severa, y mi sonrisa forzada de pánico disimulado, apaciguaron el ambiente y me convirtieron en un héroe añejo a los ojos de la muchedumbre, que ponía al corriente de mis méritos a vigilantes colegas apresurados en venir a mirar la escena: «Corría con Juantorena y ahora vive en Francia... Mira tú...».

La seriedad de la exigencia había durado el tiempo que dura en el trópico todo rigor público, y el ambiente era, de pronto, festivo. Hasta cierto punto era cierto que mis medallas ganadas contra el tiempo de los cronómetros fungían allí de relojes que retrotraían aquel instante al tiempo de mi vida de atleta. Mirándolo bien, la atmósfera pachanguera y el ritmo de la gestualidad exagerada, las cadencias y la dicción no habían cambiado, ni creo que cambien jamás en ese sitio en el cual esos humildes agentes de la frontera insular compartían ahora con un fugitivo compatriota una retrospectiva celebración.

III.

Tomé un segundo aire y bebí un segundo y último mojito en La Habana. Me pregunté qué habría sido de J A allá fuera y de su regreso a su casa del Cerro como la variante momentánea de un enigma mayor que va a perseguirme toda mi vida: ¿qué argumentos de la fe, qué fuerzas del cuerpo, cuáles resignaciones ayudarán a soportar la tarea cotidiana de vivir en esa atormentada Ítaca donde nacimos?

Recordé que me quedaba crédito en la tarjeta telefónica y me dio tiempo a llamar a mi amigo Marcial a Cienfuegos y a mi mamá a Santa Clara:

—Ya me voy, todo salió bien en la aduana, ya me voy...

El avión de Air France apareció ante mí como una carabela aérea. Una vez dentro pensé en esas columnas de Hércules para un cubano que evocara infinidad de veces Guillermo Cabrera Infante: una vez pasada la frontera de las Bahamas, el avión no puede dar vuelta atrás, no puede ya volver a Cuba.

Pensé en Dante y en Borges, y en el Ulises que ambos inventaron, y hasta en Lisboa. Acepté gozoso cualquier pena, infligida en mis celestiales destinos después de la muerte, por haberme ido otra vez de mi Ítaca del Caribe sin la certeza de desear o poder volver de nuevo algún día.

La Habana, París, Palma de Mallorca, Vannes, 2012-2015